DIÁRIO DE UM ARTIGO INACABADO

DIÁRIO DE UM ARTIGO INACABADO

ROBSON CRUZ

parábola

Direção: Andréia Custódio
Capa e diagramação: Telma Custódio
Revisão: Thiago Zilio Passerini

CIP-BRASIL. CATALOGAÇÃO NA FONTE
SINDICATO NACIONAL DOS EDITORES DE LIVROS, RJ

C964d

Cruz, Robson, 1978-
Diário de um artigo inacabado / Robson Cruz. - 1. ed. - São Paulo : Parábola, 2023.
240 p. ; 21 cm.

ISBN 978-85-7934-314-8

1. Ficção brasileira. I. Título.

23-86336 CDD: 869.3
CDU: 82-3(81)

Meri Gleice Rodrigues de Souza - Bibliotecária - CRB-7/6439

Direitos reservados à
PARÁBOLA EDITORIAL
Rua Dr. Mário Vicente, 394 - Ipiranga
04270-000 São Paulo, SP
pabx: [11] 5061-9262 | 5061-8075 | fax: [11] 2589-9263
home page: www.parabolaeditorial.com.br
e-mail: parabola@parabolaeditorial.com.br

ISBN: 978-85-7934-314-8

Para meu pai, caipira cafuzo,
que não precisou ler nenhum livro para
permitir minha escrita.

Para minha mãe,
caipira bandeirante, que plantou
inconscientemente em mim
o ambíguo desejo de ser
o que eu não podia ser:
escritor.

Os autores de diários, qualquer que seja
sua natureza, íntima ou anedótica,
sempre escrevem para serem lidos,
mesmo quando fingem que ele é secreto.

Rubem Fonseca, ***Diário de um fescenino***

Creio que é esse o perigo, quando se faz
um diário: exagera-se tudo, vive-se à espreita,
força-se constantemente a verdade.

Jean-Paul Sartre, ***A náusea***

... quem escreve gosta de coisas bonitas.
Eu só encontro tristeza e lamentos.

Carolina Maria de Jesus, ***Quarto de despejo: diário de uma favelada***

NOTA DE ADVERTÊNCIA CONTRA POSSÍVEIS ACUSAÇÕES DE PLÁGIO OU PEDIDOS DE COAUTORIA FORÇADA

>>>

Este livro é uma peça de ficção da ficção que é a vida acadêmica. Por isso, talvez, por milésimos de segundo, minutos, horas, dias, meses ou, quem sabe, anos, certos leitores e leitoras tenham a certeza de que a vida do artigo que se desenrola neste diário se baseou em suas próprias vidas acadêmicas. Se isso acontecer, saiba que dificilmente esse é o caso e que tal suposição só pode ser mais uma fantasia narcísica, desenvolvida desde o dia em que você ingressou na universidade, cheio de orgulho meritocrático, acreditando que, em algum momento de pura inspiração, um gênio romântico tomaria posse do seu corpo revelando-o para o mundo como o maior escritor ou escritora que o universo acadêmico um dia conheceu.

A ORIGEM DE UMA LENDA ACADÊMICA

Na pasta mais oculta, no arquivo mais recôndito do computador envelhecido de todo universitário, reside um documento Word tão sombrio que apenas alguns homens e mulheres de rara coragem ousam pronunciar o seu nome: o ARTIGO INACABADO. Mas o horror circundante à existência desse inaudito ente textual nunca foi suficiente para que sussurros trêmulos deixassem de ser propagados em corredores úmidos e mal iluminados da pós-graduação, sempre a lembrar, mesmo à mais aguçada das mentes acadêmicas, as consequências nefastas para aqueles que um dia ousaram proferir a alcunha daquele que não deve ser nomeado: perda eterna da mirrada bolsa de pesquisa, cárcere privado com o chefe de departamento para produzir a trigésima versão de mais um relatório do triênio e o aceite de artigos apenas em periódicos C10 no Qualis Capes. Todavia, como em toda sociedade totalitária, nem todos se submetem ao temor imposto pelas elites acadêmico-burocráticas. Por isso, de tempos em tempos, alguns bravos pesquisadores e pesquisadoras se rebelam contra as agruras impostas por aquele mal textual tão imanente. Para esses sujeitos, calar-se nunca foi uma opção, pois sabem bem que a principal estratégia de terror do ARTIGO INACABADO é a manutenção do silêncio sobre sua existência interminável.

Não é surpresa que a imposição da mudez sobre um artefato literário tão singular seja a causa da origem de um sentimento experimentado dia, noite e, principalmente, madrugadas adentro por todos aqueles que descobriram, depois de anos, que o ingresso na carreira acadêmica se deu de maneira totalmente irrefletida. Um sentimento descrito como mal-estar perene, caracterizado por um desconforto corpóreo ilocalizável em veloz e difuso trânsito pelas entranhas, sempre a lembrar que, independentemente de quantos relatórios sejam finalizados, de quantas aulas sejam lecionadas, de quantas reuniões sejam marcadas e desmarcadas e de quantos pareceres de rejeição de artigos sejam emitidos, a sensação continua a mesma: a de que, ao final do dia, há ainda algo por findar. A complexidade de tal sentimento seria tamanha que até o mais realista dos neurocientistas apenas tem conseguido representá-lo por meio de metáforas pós-coloniais incompletas, seja como um choque ininterrupto dentro do estômago vazio de sentido ameríndio, seja como um grilhão preso ao calcanhar, arrastado vida afora por uma existência que parecia tão planejada e segura. Assim, o ARTIGO INACABADO se faz presente no cotidiano daqueles que um dia, ludibriados por falsas promessas de alta distinção social, imaginaram a vida acadêmica como espaço de pura leveza e liberdade criativa.

Por mais que revoltas esotéricas contra esse mal textual sejam desencadeadas de tempos em tempos, a verdade é que não há reiki, florais de Bach, tarô, terapia tântrica, mapa astral, ondas magnéticas, reflexologia, ou qualquer outra terapia holística venerada pelos deuses pagãos das ciências humanas e sociais capaz de amenizar os sintomas evocados pelo ARTIGO INACABADO. Todos somos vítimas eternas desse mal secular. E nada adianta esforçar-nos para esquecer as frases ainda por escrever, os parágrafos incompletos, as referências bibliográficas tão citadas, mas nunca lidas, as análises ainda a serem realizadas e os argumentos a serem defendidos sem qualquer fundamentação teórica segura. Igualmente, de nada adianta fingir pose de proativos, começando novos projetos de pesquisa sem finalizar todos os artigos iniciados décadas atrás. Muito menos tem sido efetivo abarrotar-nos de compromissos administrativos na estrutura burocrática da vida acadêmica, pois O ARTIGO INACABADO se torna um fantasma cada vez mais à espreita a cada nova tentativa fracassada de esquecê-lo.

O crescimento exponencial desse infortúnio literário, criado em laboratórios subterrâneos de políticas científicas por intelectuais orgânicos de uma nova esquerda festiva, em conciliação fisiológica com pseudointelectuais de uma direita oligárquica, resultou em uma pandemia de bloqueio da escrita nunca vista na periferia do mundo acadêmico. Como esforço quase comunitário de enfrentamento do problema, desses que quase acontecem quando a espécie humana está mais uma vez prestes a se autoexterminar, um consórcio internacional de cientistas alocados na América Latina, Ásia, África, Oriente Médio e Caribe empreendeu algo inédito na história da ciência moderna, pós-moderna e pós-humana: uma expedição para conhecer de perto o hábitat do ARTIGO INACABADO e obter respostas para finalizá-lo em seu próprio território. A arriscada missão, todavia, não chegou nem perto de alcançar seu verdadeiro propósito. Para muitos, ela nem mesmo existiu, sendo apenas mais um mito acadêmico forjado por alguma agência de fomento à pesquisa preocupada em manter seus dependentes sob as arestas do medo da falta de financiamento para o turismo no Velho Mundo, de modo a manter aceso o fogo do desejo de serem subjugados intelectualmente por aqueles que os colonizaram.

Se aquela expedição aconteceu ou se foi só mais uma fábula universitária é algo que ninguém pôde confirmar. O que temos são narrativas transmitidas de geração a geração de estudantes, que, ainda no começo da graduação, escutam com desdém histórias sobre aquela diligência como só mais uma lenda acadêmica.

O esforço em determinar a versão mais fidedigna daquelas histórias se exauriu há tempo demais, tendo sido objeto de debate entre estruturalistas e pós-estruturalistas, realistas e construtivistas, construtivistas e pós-construtivistas, e outros tantos "istas" contra outros tantos pós-"istas" quaisquer, que não têm a menor intenção de serem compreensíveis e se sentem superiores a seus opositores — e, principalmente, à população a que deveriam servir, precisamente por isso. Mas nem tudo é mera ficção e nem toda ficção é pura invencionice. Ao menos um ponto une as versões mais discrepantes daquele evento textual questionável: a inexistência de qualquer notícia sobre o destino dos homens e mulheres que participaram daquela expedição. Qual foi o real paradeiro daquele grupo? Sucumbiram à linguagem inebriante do ARTIGO INACABADO e aproveitaram a oportunidade para abandonarem seus projetos de escrita com a dignidade que acreditavam nunca mais serem capazes de recuperar? Ficaram presos no multiverso do universo acadêmico e hoje escrevem com fluência tudo aquilo que não conseguiram escrever com satisfação em nenhum dia de suas vidas? Vivem para queimar tudo o que escreveram e das cinzas moldam compulsivamente enormes esculturas fálicas dos deuses da escrita?

O que poucos sabem é que a descoberta de um texto singular, encontrado nos arquivos de uma comissão secreta e independente, formada por docentes descredenciados de seus programas de pós-graduação, apresenta uma primeira resposta a todo o mistério. Ninguém sabe precisar quando e nem onde aquele documento foi descoberto. Muito menos quem foi o responsável por vazá-lo nas profundezas da deep web. Apenas se tem conhecimento de que no começo da segunda década do século XXI, quando do ápice da aclamada expansão desenvolvimentista da pós-graduação na América Latina, quando se acreditava mais uma vez que a democracia estava ali bem pertinho, na esquina da sobrevida libertária, dois estudantes brasileiros, uma mestranda em ciências sociais e um mestrando em história, prestes a dar um beijo interdisciplinar entre artigos de revisão da literatura para uma pesquisa ainda por se iniciar, mas já submetida a um congresso internacional, depararam-se com um texto escrito em negrita tipografia ***Calibri bold italic,*** tamanho 18, intitulado, em caixa alta,

A VIDA E AS OPINIÕES DE UM TEXTO ACADÊMICO

Ao se aproximarem daquele manuscrito, perceberam o quão exótico eram seu conteúdo, forma e estilo, mesmo para alguém como eles, tão desconstruídos de toda forma de discurso lógico e normatizador. Já em seu prefácio: um parágrafo iniciado com referência ao seminário um milhão, quinhentos mil, quinhentos e cinquenta e cinco, de Jacques Lacan, outro parágrafo escrito da direita para a esquerda no qual se encontrava um afável Olavo de Carvalho defendendo o ensino de Paulo Freire para todas as escolas da elite rentista brasileira e, por último, uma citação literal de críticas às críticas à terceira geração da teoria crítica e a seu essencialismo comunicativo habermasiano.

Depois de seis horas de discussão sobre a melhor hermenêutica para interpretar aquele manuscrito peculiar, os dois jovens decidiram que só uma experiência etnográfica elucidaria o mistério. E na primeira incursão naquele campo semântico desconhecido, ao se aproximarem do primeiro capítulo daquele nativo textual inesperado, como se fossem o próprio Lévi-Strauss se aproximando do primeiro índio que viu na vida, um índio brasileiro segurando uma panela velha de alumínio e vestindo uma surrada bermuda jeans, a página inicial daquela escritura autóctone transmutou-se na página inicial do livro mais abstrato da história do pensamento moderno: *Fenomenologia do Espírito*. Mas como todo mecanismo de defesa é falho, e como aquele jovem casal havia recebido treinamento mais do que básico em análise do discurso, à medida que penetravam a tensa névoa hegeliana, por trás do espectro metafísico germânico, a sombra de um subtexto cobiçado por todo estudante de pós-graduação emergia como miragem no mais árido dos programas de pós-graduação: era a folha de rosto de um trabalho de conclusão de curso intitulado: *O QUE HÁ EM NÓS QUE ME IMPEDE DE ESCREVER: DIÁRIO DE UM ARTIGO INACABADO*

A inesperada aparição de uma das mais almejadas mercadorias da indústria cultural acadêmica foi suficiente para despertar no jovem casal uma coragem nunca experimentada em suas existências tão blindadas contra problemas práticos da vida cotidiana brasileira. Hesitantes, as duas almas nada selvagens aproximaram-se da página agora nítida ante seus olhos encantados pelo valor do título acadêmico.

O que aconteceu aos dois estudantes após aquele encontro é só mais um mistério envolto a todo esse caso. Para nós, não importa se tais eventos ocorreram ou não. Apenas temos ciência de que discursos sobre o ARTIGO INACABADO têm sido transmitidos há tempo demais para desprezarmos seus impactos nos processos de subjetivação daqueles que se dedicam ao ofício da escrita acadêmica.

Nosso compromisso é com a democracia, com a verdade e com a distribuição igualitária da escrita na periferia do mundo universitário. Por isso, decidimos que cada um deveria ter o direito de aplicar a própria hermenêutica àquele opúsculo tão singular. O que se segue é o esforço de reconstrução daquele artefato textual. Seu valor está em ser uma fagulha de consciência da gênese do sentimento de incompletude da escrita que assola até o mais falsamente seguro dos intelectuais entre nós.

Como toda peça arqueológica, o diário que temos em mãos é um artefato frágil, fragmentado e danificado pelo avanço incontrolável do tempo do progresso neoliberal nos departamentos de filosofia e ciências humanas de todo o mundo. O que demandou de nossa parte, e demandará dos leitores e leitoras, empenho de imaginação sociológica, antropológica e psicológica para que uma partilha mínima de sentido se concretize ao menos uma vez na vida entre aqueles que fizeram tantos e tão irrealizáveis planos de escrita. Para facilitar a comunhão de significados, nosso esforço foi decifrar, traduzir, codificar e categorizar as páginas restantes daquele diário em estado avançado de putrefação sintática. Por algum motivo, ainda a ser ficcionalizado, o que restou daquele diário expressa em sua forma e conteúdo os dramas e os traumas que perpassaram a vida daquela escritura inacabada, que nunca deixou de sonhar com o dia no qual seria publicada num periódico de alto fator de impacto.

Por último, algumas palavras de advertência se fazem necessárias. Se você, leitor, leitora, tem alguma dúvida, por menor que seja, sobre a escolha pela vida acadêmica como modo de existência definitivo, aconselhamos uma profunda reflexão antes de iniciar a leitura do diário que se segue, pois os efeitos experimentados por aqueles que entraram em contato com sua intimidade são diversos, adversos e imprevisíveis. Temos conhecimento apenas de um conjunto mínimo de sintomas: uma ânsia incontrolável de alugar uma quitinete em algum centro urbano gentrificado, desde que o imóvel se encontre a menos de cem metros de um consultório psiquiátrico; o desejo profundo de criar uma samambaia-chorona como se fosse sua própria filha e uma vontade imensa de rotular de alienadas todas as pessoas que extraem grande satisfação de atividades braçais supostamente subalternas. A interrupção da leitura do diário não reduziu a frequência e a intensidade dos sintomas mencionados. Nosso total desprezo por métodos quantitativos impediu qualquer averiguação de amostra estatística significativa de modo a avaliar a porcentagem de pessoas que conseguiram lê-lo até o fim.

Atenciosamente,

Editores dissociados

UNIVERSIDADE DAS AGRURAS DA VIDA ACADÊMICA POUCO REFLETIDA
PROGRAMA DE PÓS-GRADUAÇÃO EM ESTUDOS PROCRASTINADOS

O QUE HÁ EM NÓS QUE ME IMPEDE DE ESCREVER:

DIÁRIO DE UM ARTIGO INACABADO

Artigo inacabado e não apresentado ao Programa de Pós-Graduação em Estudos Procrastinados da Faculdade de Escritos Intermináveis da Universidade das Agruras da Vida Acadêmica Pouco Refletida como requisito total para poder falar do profundo ressentimento que só o sofrimento com a escrita acadêmica é capaz de gerar.

Área de concentração:
Antropologia Psicológica Sociológica Filosófica e
Só um Pouco Histórica da Vida Acadêmica

Orientador:
Prof. Dr. Talvez Lerei Sua Tese de Assis

Coorientador:
Prof. Dr. Serei Coautor do Artigo de Qualquer Jeito de Alencar

Algum Lugar do Brasil
2012

Dedico este diário aos companheiros e companheiras de vidas literárias tão imensamente maiores que a minha, mas ainda assim tão inacabadas e trágicas,
como foi a minha triste vida: David Copperfield, Nick Carraway, Holden Caulfield, Tristram Shandy, Anne Frank, Greg Heffley, Carolina Maria de Jesus, Lima Barreto, Pedro Nava, Policarpo Quaresma, William Stoner, Scott Fitzgerald, Quintus Fixlein.

BRASIL, 10 DE MARÇO DE 2012

O DIA DO MEU NASCIMENTO

>>>

Embora meu arquivo tenha sido criado há alguns meses, a data de hoje constará como a data oficial do meu nascimento. E este diário será a testemunha de todo o processo, que vai da geração inicial da minha escrita como mero rascunho, passando pela composição de minhas seções, minha submissão, meu aceite e minha publicação.

A defesa de mestrado do meu Autor marca o começo da minha jornada textual. Seus anos de bolsista de iniciação científica e de mestrado foram recompensados com elogios, críticas e um senso do dever cumprido. Além disso, é preciso dizer que ele já está aprovado para o doutorado. Mas isso não significa que vou me dedicar a escrever qualquer coisa aqui sobre sua tese. Neste diário, só há espaço para o protagonismo da escrita de um texto: o texto que eu serei.

Meus julgamentos sobre o caráter intelectual do meu Autor ainda são imprecisos, pois só agora serei o centro de sua vida. Por fim, estamos livres dessa coisa no meio do caminho, dessa literatura cinzenta que é sua dissertação. Sei que é dela que me origino, mas não serei, contudo, um simples "copia e cola", até porque mesmo um artigo em estado embrionário como eu sabe que isso nunca funcionou para escrever um artigo original. De qualquer forma, me sinto orgulhoso vendo meu Autor ali, agraciado por seus amigos e familiares. Se um texto que nasceu para ser sepultado sem revisão, em uma biblioteca digital qualquer, recebeu toda aquela atenção, imagina só quando eu vier ao mundo publicado num periódico de alto fator de impacto, em uma imponente base de dados hospedada nos Estados Unidos ou na Europa. Melhor se for nos Estados Unidos, claro!

Agora a vida de meu Autor está pronta para ganhar novos rumos, e a escrita de mim é parte especial de tudo o que está por vir. Se havia alguma dúvida sobre meu destino, ela se foi quando captei o áudio e a imagem de um diálogo breve entre seu Orientador e Coorientador, meus Coautores 1 e 2, quando aqueles dois homens brancos, um tanto curvados pela meia-idade acadêmica, trocaram algumas palavras na penumbra daquele velho auditório de paredes bege enrugadas: “Agora é preciso publicar o artigo da dissertação”. Foi o que ouvi dez segundos após meu Autor ter sido solenemente declarado mestre. Achei a cena meio taciturna. Talvez essa impressão seja só porque minha visão e audição ainda estão em desenvolvimento. Pouco importa, é o entusiasmo que predomina. No momento, sou apenas um arquivo Word com duas páginas, um título provisório, um cabeçalho incompleto, um resumo incompleto, uma espécie de sumário com tópicos que fazem pouco sentido e umas referências bibliográficas ali jogadas, sem qualquer normatização. Isso, que parece ser pouco, é muito para me assegurar uma estrutura sintática mínima, a sustentar todo o peso do argumento que está para ser desenvolvido em mim.

Não me esqueço do dia em que vim ao mundo: sete de maio de dois mil e onze, às vinte e três horas e cinquenta e nove minutos. O preciso momento em que meu Autor criou meu arquivo e me acomodou em uma espaçosa pasta de documentos: “Artigo da Dissertação”. Não sabia até hoje se vingaria, até porque fui fecundado bem antes do término da já defendida dissertação. Agora sei que não serei um desses incontáveis artigos iniciados e nunca finalizados. Agora estou livre para ter fantasias textuais sem qualquer receio. Fantasias de me tornar uma referência obrigatória, citada milhares de vezes, em milhares de publicações, por milhares de autores e autoras de todo o mundo. Quem sabe até virar um novo clássico. Deslumbrado, alguns diriam. Responderia a eles que não tenho escolha, só aqui posso expressar fantasias de reconhecimento, tão abafadas entre os seres da minha espécie pela falsa imagem de desinteresse e de puro amor ao conhecimento forjada no caldo primordial da modernidade.

Admito, no entanto, que, nos últimos meses, vivendo como mero esboço, me deixei levar por pensamentos depreciativos. Cotidianamente me deparava com a ideia de que meu destino seria ser o capítulo final de uma coletânea de autores que não conseguem publicar seus textos como artigos. Pior, cheguei a pensar que seria publicado como um resumo expandido nos anais de algum evento científico regional. Nem ISBN eu teria. Hoje esse medo foi dissipado.

Critico quem posta no Facebook suas realizações acadêmicas. Mas quando chegar a hora... Que se dane! Quero ser postado também. Se alguém nos achar metidos, azar. É tudo inveja. Estou até vendo: duzentas curtidas em um único dia. Fora os compartilhamentos e os comentários elogiosos dos colegas de infância e de parentes que nada saberão sobre meu teor, mas que ainda assim comemorarão minha existência com agradecimentos a Deus e à boa criação que nem sei se meu Autor teve. Pouco me importa. Depois disso virão convites para ser apresentado em congressos, seminários, grupos de pesquisa. As pessoas saberão quem sou, que existo.

Se alguém me lesse agora, me acharia um artigo frívolo. Um artigo-ostentação com pretensões de subcelebridade acadêmica que vive só para a performance da autorrealização. Não é o caso. Minha frivolidade tem limites e sinto culpa por expressá-la. Até porque, para mim, tão importante quanto ser conhecido é ter um papel revigorante na vida do meu Autor. Horas de dúvidas, solidão, insegurança e autocomiseração vivenciadas nos últimos dois anos serão esquecidas, e as feridas psicopatológicas da escrita da sua dissertação, ainda bem abertas em sua jovem alma literária, serão curadas pela escrita balsâmica de mim.

BRASIL, 11 DE MARÇO DE 2012

COMO SEI DAS COISAS QUE SEI

>>>

Então aqui estou eu, um artigo em construção. Apesar de sozinho, não me sinto solitário, como poderiam pensar de um manuscrito mal iniciado. Ainda assim, decidi escrever este diário para ser uma companhia para mim mesmo, no esforço de expressar tudo o que penso e sinto sobre o que é ser escrito. No entanto, a verdade sobre nós é que somos criaturas passivas. Mesmo que os autores e as autoras mais corajosos nos escrevam em voz ativa, não possuímos nenhum controle sobre os rumos da nossa escrita. Não posso me escrever. Não tenho nenhuma autonomia. O que me resta, então, é meditar sobre a minha escrita. Isso não quer dizer que minha vida seja menos digna. É assim que as coisas são no mundo dos artigos. É a nossa natureza. É a minha existência.

Preciso dizer que sou um artigo possessivo, por isso não consigo deixar de chamar o meu Autor de *meu* Autor. A fusão cognitiva com aqueles que nos escrevem impede qualquer tentativa de adotarmos uma linguagem impessoal.

Como toda tecnologia moderna do self, a escrita deste diário é um exercício narcísico. Lembrando que o narcisismo não é em si uma psicopatologia, é apenas uma fase necessária do desenvolvimento do self de todo artigo, entre o autoerotismo e o amor, que é preciso atravessar para laços autorais e intertextuais se instalarem. Só assim é possível dizer que meu eu textual foi clivado. Além disso, se não posso afetar a escrita de mim mesmo, posso, quem sabe, a partir deste diário, me transformar em um modelo de consciência expandida para outros artigos. Um exemplo de escritura evoluída para gerações e gerações de artigos que estão por vir ao universo acadêmico. Sendo humilde, um diário metacognitivo.

Se qualquer acadêmico ou acadêmica soubesse da minha existência, a primeira coisa que me perguntariam é como sei das coisas que sei. A simplicidade da resposta surpreenderia a maioria das pessoas, pois sei do que sei porque tenho minhas fontes. Tenho acesso ilimitado a todos os arquivos, aplicativos, softwares e acesso ilimitado à internet do meu Autor. Vejo, leio, escuto e transito em sua vida virtual e, às vezes, real. Tenho restrições, é claro. Tenho também, a despeito da pouca idade, algum nível de consciência moral estabelecido. Por exemplo, só acesso os e-mails do meu Autor depois que ele os acessou. Nas redes sociais é tudo liberado.

Ao menos até agora, a rotina virtual do meu Autor é um tanto monótona. Deve ser porque ainda não começou de fato a me escrever. Sua circulação nas redes sociais está reduzida a acessar o Facebook uma vez por dia, durante cinco minutos. E seu maior prazer é deixar de seguir todas as pessoas que acabou de aceitar como amigas. Devo dizer que cometo pequenas transgressões para preservar a sanidade. Acesso as contas bancárias e outras informações confidenciais da vida econômica e burocrática do meu Autor. Como tudo pode afetar a minha escrita, preciso ter uma percepção ampla de quem vai me escrever.

Outra fonte preciosa de informação é o seu diário. Nesse caso, não há limites legais e morais. Os diários são primos-irmãos que se comunicam entre si e isso não é problema entre nós, é um direito.

Minha residência é uma pasta espaçosa, dentro do meu hospedeiro, esse belo Mac Air prata de onze polegadas, parcelado em quarenta e oito vezes, com juros, no cartão de crédito estudantil do Banco do Brasil do meu Autor e no cartão de crédito de todos os demais membros de sua família.

Meu hospedeiro é levado para todos os cantos. Suponho que meu Autor faça isso porque, a qualquer momento, em qualquer lugar, começará a me escrever. Também não posso deixar de dizer que minha experiência temporal é singular devido ao processador de vinte e oito núcleos que opera a memória do meu hospedeiro a dois mil novecentos e trinta e três mega-hertz. Com isso, um minuto no meu universo corresponde a sessenta minutos no mundo humano, uma hora corresponde a três mil e seiscentos minutos e vinte e quatro horas correspondem a oitenta e seis mil e quatrocentos minutos. Logo, um dia no meu universo equivale a sessenta dias na vida humana. Para evitar perda de tempo com cálculos intermináveis e para me sentir em comunhão com meu

Autor, adotei o calendário gregoriano e o fuso horário universal. Operação complexa que gastaria anos para explicar neste diário. O importante é dizer que sou um manuscrito de longa duração, com tempo de sobra para absorver informações e refletir sobre os rumos da minha composição, pois a única coisa capaz de minimizar os efeitos colaterais de todo esse descompasso temporal é teorizar o quanto puder sobre a minha escrita. Mas teorias não faltam para dizer que teorizar é sintoma do meu estado de incompletude. Isso é o que dizem artigos existencialistas, escritos só com três referências bibliográficas, para textos que nem começaram a serem escritos direito, como eu.

BRASIL, 12 DE MARÇO DE 2012

UM POUCO DE MEU AUTOR

>>>

Meu Autor nasceu em 1978. Sua infância e adolescência foram marcadas por uma vida quase rural em uma capital brasileira quase urbana. Caçadas fracassadas de canários belgas com arapucas frouxas e mal armadas, fogueiras tóxicas com restos de madeira descartados por uma fábrica de móveis, mergulhos pela metade em bicas de águas turvas prestes a secar, depredação de solitários postes de luz amarelada e conversas letárgicas com outras crianças e adolescentes ao final de tardes preguiçosas em campinhos de terra vermelha formam os contornos de sua primeira década e meia de vida

A vida estudantil do meu Autor iniciou-se em 1984, em uma escola pública. Ali, sem saber por quê, todos os dias ouvia, antes do início das aulas, o hino nacional, observando, com tédio e inconsciência política protetora, a bandeira nacional sendo hasteada com orgulho ditatorial pela loira diretora da escola, perguntando-se indignado por que não era a bandeira do seu clube de futebol a flamejar naquele mastro cinza-enferrujado, sinalizando o hipotético final da ditadura brasileira. Falando nisso, sua primeira memória política data da mesma época, quando, aos seis anos, era obrigado a assistir, todos os domingos, ao pronunciamento do então ditador, general João Figueiredo, como penitência antecipada por desfrutar de seu maior prazer dominical: ver Os Trapalhões às dezenove horas.

Seu histórico escolar é deplorável. Três reprovações: quinta, sexta e sétima séries. Fato que acabou gerando uma poderosa ilusão, não assumida publicamente, de que por causa do seu sucessivo fracasso escolar se tornará mais inteligente do que a maioria dos colegas. Recuperações constam em quase todos os anos de sua vida escolar. E sua maior nota em toda a vida acadêmica foi sessenta e nove, em literatura, quando leu Bocage e teve a primeira ereção literária.

No começo dos anos dois mil, com vinte e três anos, quando seu destino como operário estava tão certo quanto a frieza de sua marmita de alumínio amassada, foi aprovado em último lugar, na décima chamada, em uma universidade particular. Seu histórico da graduação, em termos de notas, manteve-se medíocre. Porém, pela primeira vez em toda a sua vida acadêmica, o estudo não era um fardo a ser largado assim que possível na esquina da realidade social. Esse milagre aconteceu porque meu Autor acreditava que estar na universidade fora o maior privilégio de toda a sua vida, sem considerar que, depois de formado, levaria dez anos para pagar a dívida do crédito estudantil. A inconsciência disso lhe permitiu vislumbrar ali, pela primeira vez, uma ponta de vida menos suada.

Sei que tudo isso está parecendo uma história de glória e superação de um self-made man tupiniquim. E aqui é lugar para confissão, e não para condecoração. Até porque esperava mais de alguém que vai me escrever. Acho lindas essas histórias de superação da classe trabalhadora, mas nasci para coisas grandes, não para ser um artigo emergente. Bem, de todo modo, me tranquiliza saber que exemplos não faltam na história do pensamento social brasileiro de intelectuais oriundos da classe operária. Só não me lembro de nenhum agora. Ah... Lembrei... Florestan Fernandes e...

Os colegas e professores do meu Autor o classificam como humilde e esforçado. Duas palavras que, quando usadas na mesma sentença, me soam como incapacidade intelectual e presunção descabida. Não precisa ler Freud, embora eu tenha lido um bocado, para saber que a modéstia é o disfarce da vaidade injustificada. Sobre isso não quero fazer afirmações fechadas.

Meu Autor ingressou na universidade bem mais velho que a maioria dos colegas e, no geral, as pessoas se enganam a respeito da sua idade e origem social. Supõem que seja mais novo do que realmente é e as opiniões sobre sua origem de classe variam de acordo com a percepção daquilo que lhe é incontrolavelmente distinguível: sua pele branca avermelhada. Sua situação financeira é indigna. Acessei suas contas bancárias. Dinheiro lá não tem, só dívidas de cartão de crédito e empréstimos de financeiras. Seu nome vive no SPC como se fosse lá a morada oficial de sua alcunha e do seu CPF. Trabalhar desde os doze anos de idade não lhe garantiu nenhuma reserva financeira. Ajudante no boteco do pai, gandula em jogos de tênis, office-boy em uma universidade pública, repositor em supermercados, vendedor em uma empresa de bebidas, cobrador em duas empresas de cobrança, vendedor de queijo. Não queria julgá-lo, não queria mesmo, é meu Autor, mas como é que ele foi parar em uma graduação e depois em uma pós-graduação em uma universidade pública é um mistério. Para aliviar o medo que essas informações me geram, penso que se foi capaz de chegar até aqui é óbvio que vai conseguir me escrever. Esse pensamento, contudo, tem limites. A preocupação, na verdade, só aumenta à medida que o conheço. Sou favorável à democratização da universidade... poxa... Minha alma é a de um artigo progressista. Inclusive é uma tônica daquilo que será desenvolvido em mim, tenho certeza. O problema é que, embora ainda seja apenas um mero rascunho, sinto que nasci para ser escrito por alguém um pouco diferente. Alguém que tenha residido algum tempo no exterior, de preferência na Europa, de preferência na França, de preferência em Paris. Alguém que domine quatro idiomas. Alguém que tenha capital cultural suficiente para me escrever com a naturalidade que mereço vivenciar na minha composição.

O guarda-roupas do meu Autor é outro problema. Se veste para ir para uma faculdade de filosofia e ciências humanas como se estivesse indo trabalhar no escritório da empresa de cobrança em que trabalhou durante dois anos. Isso me mata de vergonha. Camisa social cinza-morte com quadriculados quase imperceptíveis que o fazem parecer enclausurado em uma prisão laboral perpétua. Sobre isso, mais de uma vez, vi seus olhos incomodados, procurando no espelho resposta para aquilo que sua inconsciência de classe o protege de saber: ele é um refém das normas estéticas da alta classe média baixa. Se ao menos eu pudesse baixar uma cópia da Distinção Social e permitisse que ele só acessasse seu computador depois de lê-la dez vezes... Ele saberia das regras do campo científico e mudaria seu guarda-roupa da C&A, Renner e Riachuelo para um guarda-roupa montado em um brechó no baixo centro.

A maior parte dos estudantes de pós-graduação venera gente da origem do meu Autor, até elegem para presidente gente assim, o que me dá esperanças. Seus colegas não parecem, contudo, admirá-lo. Se deixasse de ir tão limpinho para a universidade, se comprasse uma camisa preta e a batesse na máquina de lavar umas duzentas vezes antes de usar, talvez se encaixasse melhor, e isso me tranquilizaria, me daria mais certeza sobre os rumos da minha escrita. Até agora, nunca o vi fazendo qualquer reivindicação de ser reconhecido como operário. A única hipótese que tenho é de que deve ser porque nunca quis ser operário, nunca quis se vestir como operário, nunca quis comer como operário, nunca quis morar num bairro operário. Seu diário me confessou, mais de uma vez, que nas suas páginas mais ardentes meu Autor expressa seus desejos proibidos e sórdidos de morar na zona sul, mas que os apaga imediatamente por medo de seus amigos o tacharem de pequeno burguês.

... nasci para ser escrito por
alguém um pouco diferente.
Alguém que tenha residido
algum tempo no exterior,
de preferência na Europa,
de preferência na França,
de preferência em Paris.
Alguém que domine
quatro idiomas. Alguém
que tenha capital
cultural suficiente
para me escrever com
a naturalidade que
mereço vivenciar
na minha composição.

BRASIL, 14 DE MAIO DE 2012

A PRIMEIRA CRISE DE PÂNICO

Cá estou eu, depois de dois meses, sem nenhuma linha a mais no meu corpo. Começo a entender que o tempo da escrita do meu Autor é um e o tempo do meu desejo de ser escrito é outro. Compreendo também sua necessidade de férias, longe de todas as atividades acadêmicas depois dos dois anos de pós-graduação durante os quais gastou oitenta por cento do tempo nos projetos inacabados do Orientador e apenas vinte por cento na escrita desesperada de sua pesquisa de mestrado, os dois últimos meses antes do prazo final de entrega da dissertação da qual me origino.

Como disse antes, espero que isso não signifique um "copia e cola". Isso nunca deu certo na história inteira da escrita acadêmica e não seria em mim que funcionaria. Todo artigo finalizado sabe que é outra coisa, outro texto. Tanto é assim que todo autor ou autora que tentou nos escrever achando que seria um simples "copia e cola" sofreu consequências graves no processo de escrita. Muitos, inclusive, nunca mais conseguiram escrever nenhum artigo em suas vidas, ainda que dominassem toda a gramática da escrita acadêmica. Esse ainda não é o caso do meu Autor, porque nem um "copia e cola" tentou fazer, como é comum nas fases iniciais da escrita de artigos derivados de dissertações e teses.

Passados mais de sessenta dias de expectativa para começar a ser escrito, é difícil saber se minha impaciência é válida ou se é apenas falta de autocontrole por não ter, imediatamente, meus desejos textuais mais básicos satisfeitos. Tento usar da positividade para lidar com a ansiedade, porém, todas as vezes em que faço isso, multiplica-se o número de interrogativas e exclamativas sobre meu destino. "Quem tira dois meses de férias?", "Todo mundo consegue escrever, só meu Autor que não!", "Por que não estou sendo escrito neste exato momento?", "Por que é tão difícil me escrever?", "Se souberem que meu Autor é assim, todos saberão que sou uma farsa!".

BRASIL, 19 DE JUNHO DE 2012

UM CRONOGRAMA COMO SOPRO DE VIDA

>>>

Depois de meses de temor sobre os rumos da minha escrita, minha preocupação começou a ser mitigada hoje às oito horas da manhã, quando fui aberto com dois toques sutis do enrijecido pai de todos da mão direita do meu Autor, bem no meio do trackpad. Depois de meses de privação textual, não há artigo em construção que fique insensível aos apelos de uma redação matinal. Por isso, apesar da indecorosa aparição do meu Autor depois desse tempo todo, desabrochei como uma rosa ávida pelos frutos de uma atrasada primavera, bem no final do outono. Até mesmo o perdoei por todo o desamparo sofrido nos últimos meses, pois agora ficariam para trás os dias de tormenta por imaginá-lo, tranquilamente, sem me escrever, sentado em alguma praia, usando as mãos apenas para tomar uma cerveja barata, rodeado por toda uma horda de esbranquiçados estudantes de pós-graduação que migram todos os anos, escondidos de seus orientadores e orientadoras, para o litoral, a fim de compensar o sol que não tomaram o ano todo. Era o que pensava até ver o seu rosto pálido sem qualquer vestígio de bronzeado que indicasse o mínimo de vigor para me escrever. Nosso contato visual, depois daquele tempo todo, durou, no máximo, dois minutos. Porque, assim que passou o olho pelo meu corpo, me soterrou com posts do Facebook, mensagens do Twitter, vídeos do YouTube e do Pornhub. Embaixo daquela suruba de posts políticos resignados, de uma dezena de vídeos motivacionais no canal do TED sobre como ser produtivo sem fazer esforço, de tweets lacradores de coisa nenhuma, publicados por alguma celebridade liberta de qualquer culpa capitalista que decidiu que agora era de esquerda, e de vídeos pornográficos de conteúdos que prefiro não comentar, eu buscava — sufocado — um raio mínimo de luz violeta que me permitisse ver ao menos alguma ação internética que tivesse como mote a minha composição.

Todos sabem que um artigo privado de escrita é pouco exigente. Por isso, aceitaria qualquer coisa: a leitura de um blog sobre como escrever um artigo em um mês, um curso de escrita criativa com um autor que nunca escreveu um livro, os conselhos de um youtuber acadêmico que decidiu virar coach devido à falta de emprego na docência universitária. Mas uma ação mínima só aconteceu depois que ele se entorpeceu de pseudocríticas políticas e de um rápido alívio sexual (Oh, glória! Sua mão ainda serve para algo), quando abriu um novo arquivo Word, nomeando-o de CRONOGRAMA DO ARTIGO, e o salvou do meu lado, nos minimizando, de forma contumaz, como faz todo homem inseguro e egoísta depois de uma rapidinha, bem protegido pela ilusão de que o prazer foi mútuo.

Tive coragem de lê-lo apenas quando vi que meu Autor o enviou para nossos Coautores. Confesso, aquele simples prospecto de gerenciamento da minha escrita me entusiasmou. Uma lista de atividades, com estimativas de datas de início e término. Não é possível ficar insensível a isso. Ainda estou longe de me sentir satisfeito, mas é melhor do que tudo o que tive até o momento. Agora, ao menor dos sinais de mal-estar devido à minha não escrita, leio aquele cronograma.

CRONOGRAMA DE ESCRITA DO ARTIGO

JUNHO
leitura e fichamento de artigos para revisão

JULHO E AGOSTO
escrita da introdução, da metodologia e definir melhor alguns aspectos teóricos e conceituais

SETEMBRO E OUTUBRO
rever todos os comentários dos coautores

NOVEMBRO
escrever os resultados e as considerações finais

DEZEMBRO
conferir e arrumar as referências bibliográficas e submeter o artigo

"Se tenho um cronograma sistemático, sistematicamente escrito serei." Foi o que pensei durante alguns dias, até começar a ter dúvidas da efetividade daquela estratégia usada há séculos por procrastinadores profissionais de todo o universo acadêmico. Um cronograma sem definição de datas específicas para a execução das tarefas não é um cronograma que preste. Um plano de escrita tão genérico não pode dar certo. “Leitura e fichamento de artigos para revisão?!”. Ele não fez isso ainda?! Tudo descrito como se fosse só sentar e me escrever, do dia para a noite. Pelos meus cálculos, cada objetivo daquele cronograma necessita no mínimo de cinquenta tarefas bem concretas para ser finalizado. Cadê os substantivos concretos e verbos de ação de planejamento?! “Definir melhor alguns aspectos teóricos e conceituais”. “Alguns?!”. Não preciso de pronomes indefinidos para me deixar mais inseguro do que estou.

Talvez eu esteja exigindo demais. Talvez esteja ficando paranoico com a situação toda. Se meu Autor se dedicou à escrita de um cronograma, é porque sabe exatamente todos os passos para me escrever. Preciso comemorar, ao invés de lamentar. Um plano para me redigir é sinal inequívoco de mudanças nos rumos da minha escrita.

BRASIL, 22 DE JUNHO DE 2012

UMA REUNIÃO PARA ME ESCREVER

>>>

Hoje meu Autor acordou cedo e, pelo visto, tomou banho. Falo desse detalhe porque foi a primeira vez, desde o dia em que decidiu me escrever, que o vejo com o cabelo molhado. É óbvio que ele toma banho todos os dias e nada disso tem relação com a minha escrita. Porque se tivesse não teria tomado a atitude que tomou hoje cedo, quando se sentou numa velha e relaxada cadeira de bar, colocou meu hospedeiro sobre uma mesa de fórmica azul-calcinha, passou o olho todo em mim com o cenho franzido, como se eu fosse um texto mais complexo do que sinto ser no momento, encaminhou o cursor para a barra de ferramentas, me selecionou todo e me justificou com um clique seguro. Depois abriu meu cronograma, o alinhou à esquerda e inseriu uma bolinha em negrito antes de cada descrição das ações a serem tomadas para minha composição. Tudo isso durou uns três minutos. Logo depois, fomos minimizados.

No final da tarde, o cronograma foi maximizado na frente dos meus Coautores, como se aquele texto burocrático fosse mais importante do que eu. O clima na sala era de descontração. O que automaticamente me aliviou, porque nós, seres de alta linguagem formal, precisamos de certa informalidade para ficarmos mais à vontade entre aqueles que vão nos escrever. Até porque essa era a primeira vez que eu ficava frente a frente com aqueles dois homens que também farão parte da minha escrita. A esperança é de que sejam de fato meus Coautores. Que ditem os rumos para o meu Autor explorar todo o potencial de me escrever.

Antes da reunião, analisei seus currículos, hábito que tenho quando conheço qualquer pessoa. Constatei que nosso primeiro Coautor, o Orientador, de sessenta anos, tem sessenta artigos publicados e que o nosso segundo Coautor, o Coorientador, de trinta e cinco anos, tem trinta e cinco artigos publicados. Todos publicados em coautoria. Isso só pode significar uma coisa: eles sabem escrever em grupo.

Depois de um cronograma um tanto problemático, ainda assim um cronograma, e agora uma reunião para falarem de mim, não podia estar mais satisfeito e esperançoso, mesmo sendo o cronograma, e não eu, o protagonista do encontro. A reunião começou com o Orientador dizendo da importância de liberarem aquele artigo o mais rápido possível. Olhando para o Coorientador, com olhos do acordo acadêmico intersubjetivo e depois se voltando para o meu Autor, ainda disse: "Estamos aqui mais para ajudar mesmo, porque nosso trabalho é esse, auxiliar mais nos rumos da escrita do artigo. Porque quem vai escrever é você. Você é autônomo. A ideia é que talvez em quatro meses seja possível terminarmos uma versão e submetê-la. Tudo de que você precisa está na sua dissertação, então não será difícil. Assim que você terminar uma versão, faremos os ajustes necessários. Enquanto isso vamos conversando sobre o andamento do texto".

"Rumos." "Quatro meses." Isso era tudo o que eu queria ouvir. Não detalharam nenhum acordo para me escrever. Suponho ser algo tácito, pois logo passaram a conversar sobre um novo projeto de pesquisa para um novo edital aberto, para o qual meu Autor foi designado em tom de premiação como o responsável por redigi-lo. "Isso será até bom para auxiliar você a escrever o artigo. O projeto tem relação com sua pesquisa e vai ajudar a destravar a escrita do nosso texto", disse o Orientador. Meu Autor ficou em silêncio a reunião inteira, o que me incomodou. Mas isso deve ser só paranoia de um artigo em estado embrionário. Tudo será detalhado ao longo do processo. Não tenho dúvida.

... se sentou numa velha e
relaxada cadeira de bar,
colocou meu hospedeiro
sobre uma mesa de fórmica
azul-calcinha, passou o olho
todo em mim com o cenho
franzido, como se eu fosse
um texto mais complexo do
que sinto ser no momento,
encaminhou o cursor para
a barra de ferramentas,
me selecionou todo
e me justificou com
um clique seguro.

BRASIL, 20 DE AGOSTO DE 2012

A REALIDADE TEXTUAL NÃO É PARA OS ROMÂNTICOS

Esperei que a definição de um cronograma e a realização de uma reunião ativassem a escrita do meu Autor. Não ativaram. Eu deveria ter desconfiado da ineficiência de uma tecnologia do gerenciamento humano de densidade tão baixa, assim como deveria ter desconfiado da ineficiência das mais burocráticas das atividades humanas, ambas, ainda assim, tão supervalorizadas no mundo da escrita acadêmica.

Estava na minha folha de rosto e não vi. Acreditar num cronograma para nos escrever é o mesmo que acreditar que a consultoria de um coach, que nunca foi bem-sucedido em nada na vida, geraria algum valor agregado ao meu estado de miséria textual. Pior ainda é acreditar que uma reunião tiraria meu Autor do estado de imobilidade para me escrever. Tudo bem, é da minha natureza moderna crer em qualquer ação orientada para o futuro e me decepcionar se as coisas não vão no rumo do progresso. Preciso aceitar que o tempo da escrita paira fora do tempo dos prazos definidos pelos nossos Autores, sejam eles obsessivamente detalhistas em seus cronogramas de produção textual, sejam genericamente descuidados em seus planos de nos escrever. Até porque, se todo estudante de pós-graduação cumprisse os prazos de escrita de artigos, não haveria periódicos suficientes no mundo para nos publicar. Na verdade, não haveria espaço suficiente em qualquer canto do mundo...

BRASIL, 22 DE SETEMBRO DE 2012

UM COMEÇO MORNO

>>>

Fui escrito. Só um pouco: alguns parágrafos desses bem batidos, escritos com a mesma fórmula textual, na maior parte das introduções dos artigos: "O objetivo deste artigo é discorrer sobre...". "Pretende-se com este estudo analisar...". Previsível e enfadonho. Um anticlímax anunciado por verbos em terceira pessoa ou na voz passiva e excesso de locuções verbais que tornam o meu texto flácido já no começo da minha escrita. Esperava algo mais firme e seguro para o início da minha composição.

BRASIL, 28 DE SETEMBRO DE 2012

SEUS BOLETOS BANCÁRIOS

>>>

Comecei a ser escrito e não deveria estar reclamando. Tenho uma primeira versão da introdução pronta, e meu Autor tenta me escrever quase todos os dias. O seu sentar firme na cadeira dura, o ajeitar da coluna e da postura, a centralização cuidadosa da tela do meu hospedeiro, o café coado (queria que fosse expresso) e a água do filtro de barro (queria que fosse água com gás) a postos, o controle da luminosidade do ambiente, tudo isso representa seu engajamento em me escrever. Mesmo quando me escreve só por um minuto e logo se volta para a pasta de boletos vencidos, o que significa todos os boletos emitidos em seu CPF mensalmente, sua vontade de me escrever parece autêntica. Só não entendo por que gasta tempo com aquela atividade, pois no primeiro dia do mês já sabe quantos e quais são os valores dos boletos atrasados em sua vida. O que corresponde, em média, a duas vezes e meia o valor de sua bolsa. Para decidir quais boletos irá pagar, o procedimento é também o mesmo todos os meses: paga o plano de saúde de sua mãe e depois gasta dias decidindo quais boletos atrasados irão entrar na fila para o pagamento no próximo mês. Uma operação cognitiva e emocionalmente custosa.

Falta de pagamento de boletos bancários deve estar entre as principais causas não declaradas do bloqueio da escrita acadêmica. Como me disse um artigo de psicologia da aprendizagem: "Quem não precisa se preocupar diariamente com dívidas detém cerca de cinquenta por cento mais reserva cognitiva para serem utilizados em resolução de tarefas complexas como escrever um artigo do que aqueles que são lembrados diariamente da falta de dinheiro".

Deve ser por essa razão que, nas últimas semanas, meu Autor gastou cinquenta por cento do tempo para me escrever, contando e recontando quantas palavras havia escrito em mim até o momento, como se eu fosse a única possibilidade de acumular alguma coisa em sua vida. Mas, pelos meus cálculos, no ritmo em que a minha escrita anda, será mais fácil um trabalhador brasileiro que ganha dois salários mínimos por mês juntar dez mil reais, depois de trinta e cinco anos de trabalho, do que eu chegar a vinte e cinco páginas até a data final de nosso cronograma.

BRASIL, 30 DE SETEMBRO DE 2012

FINGINDO ME ESCREVER

>>>

Depois de um lampejo de vida, cá estou eu, há um mês, em total paralisia. Meu Autor até pensa estar me escrevendo. Mas o que tem feito é me transformar num velho varal cheio de citações de citações dependuradas, por toda a minha extensão, por conectivos frouxos de tanto suportarem o peso da sobreposição textual. Está bem ali... quase arrastando no árido chão da miséria da minha escrita, uma encharcada citação de uma citação de Frantz Fanon condenada a passar o resto da vida descontextualizada na terra arrasada que é meu fragmentado referencial teórico.

BRASIL, 2 DE OUTUBRO DE 2012

PROJEÇÃO LITERÁRIA

>>>

Fui lido e revisado por um colega do meu Autor. Não entendi. Mal comecei a ser escrito, meu Autor me enviou para um colega da pós-graduação, que me encheu de comentários que não servem em nada para minha revisão, mas se aplicam a todos os seus próprios artigos inacabados. Esse fenômeno é conhecido entre nós como a síndrome da projeção intelectual na leitura do texto alheio. Estudante, cheio de si, ao menos na aparência, com inúmeros textos inacabados, não vê a hora de dar pitacos no texto do outro, também inacabado, para sugerir mudanças que não consegue fazer em nenhum de seus textos. Algumas frases clássicas nesses comentários são: "Porque o Foucault no texto...", "Porque o Derrida no texto...", "Porque o Deleuze no texto...". Meu Autor não aderiu a nenhuma daquelas sugestões. Menos porque nenhuma delas tinha a ver comigo e mais por incapacidade mesmo e horror de imaginar que teria de fazer mais esforços para escrever um texto que não consegue escrever. Disso concluo que só pede para os outros me lerem para ter a impressão de que está fazendo algo pela minha escrita enquanto está, na verdade, é criando justificativas para procrastinar sem culpa.

BRASIL, 5 DE NOVEMBRO DE 2012

UM SONHO REALIZADO

>>>

Voltei a ser escrito. Algumas revisões e parágrafos novos. E não teve essa de o meu Autor ficar me olhando horas e horas sem escrever, nem de me deixar minimizado ali no canto e só revisar umas vírgulas como se realmente tivesse escrito algo em mim. Ele escreveu! Nada de reclamação. Nada de ficar se lamuriando o dia inteiro em grupo de pós-graduandos no WhatsApp. Nada de culpar a situação econômica e política como causa da minha não escrita. Uma segurança que não me lembro de ter sentido até hoje. Se digitava uma palavra errada, azar, ia para a seguinte. É assim que gosto. O que importava era não perder a ideia. Foi uma hora sem parar. E ainda teve fôlego para mais meia hora de revisão, sem qualquer sinal de sofrimento. Preguiça?! Nenhuma. Buscou um tanto de citações marcadas em livros há meses e as inseriu em mim sem qualquer vacilo. Sem forçar a barra. Tudo contextualizado e conectado. Nada como ser escrito de surpresa.

BRASIL, 5 DE DEZEMBRO DE 2012

NÃO ERA AMOR

Quem fica esse tempo todo sem escrever e, de uma hora para outra, me escreve com todo aquele desejo? E por que os demais arquivos me lançam, há dias, olhares que não sei se são de inveja ou de satisfação pelo recomeço da minha composição? Essas e outras perguntas me comunicavam em nível subtextual o que todos, menos eu, sabiam: meu Autor está escrevendo outro artigo. Deve ser por isso que me afastei do seu diário: para evitar a verdade com que todo artigo se depara um dia na vida. A verdade que não pude mais deixar de ver quando o flagrei escrevendo um fichamento à mão, que não tinha nada a ver comigo, numa ficha 4x6 da Tilibra, toda pautada.

A partir de então, não pude mais fingir que eu era o único texto em sua vida. "Nunca comprou nada numa papelaria para mim. Nunca satisfez minha fantasia de ter partes escritas à mão num papel de gramatura tensa e firme antes de serem transpostas para o Word." Foi o que pensei.

A reação inicial ante aquela cena foi dizer a mim mesmo que aquela virilidade toda que transbordava dos seus dedos para um texto tão pequeno era só alguma compensação textual masculina por não me conseguir escrever da forma como mereço ser escrito, pois sou texto demais para ele. Entretanto, como toda desconfiança aparentemente infundada só depende de um pouquinho de esforço para ser real, tomei coragem e me encaminhei para o diário do meu Autor, como faz todo texto prestes a descobrir aquilo que todo mundo já sabe. Ao ler as duas passagens recém-escritas naquele confessionário imoral, perdi a ilusão de que a relação com meu Autor, por pior que fosse, era monográfica, inviolável pelo pacto autoral.

30 DE NOVEMBRO DE 2012

Há algum tempo, pensava em escrever outro artigo. Vários colegas fazem isso sem contarem a seus orientadores e parecem felizes. Falam que isso é normal. Eu, por outro lado, insisto na escrita somente deste artigo e quanto mais insisto em escrevê-lo, menos escrevo. Pode ser uma boa estratégia e não tenho nada a perder. É isso, vou escrever outro artigo.

Como todo ser traído, minha primeira reação foi odiar meu Autor, ao mesmo tempo que buscava me convencer de que aquele era apenas um caso extratextual banal, desses que servem para confirmar que não há texto melhor na vida de um autor do que aquele com o qual assumiu um compromisso público. "Ele deve estar escrevendo apenas um resumo para um desses eventos regionais que seus colegas fazem para serem convidados a palestrar. Por que me importar?". Era o que dizia a mim mesmo ininterruptamente antes de saber de tudo e a despeito das provas cada vez mais evidentes de sua sórdida infidelidade.

> 1º DE DEZEMBRO DE 2012
>
> Por que não fiz isso antes?! Se soubesse que escrever outro artigo seria tão bom, teria feito isso há tempos. Na verdade, sempre estaria escrevendo duas coisas simultaneamente. Duas monografias de conclusão de curso, duas dissertações, duas teses. Todos os meus textos teriam duas versões: uma versão para mim e uma versão para os outros. Não escrevia há um bom tempo e estava me sentindo um lixo, uma farsa acadêmica por não conseguir escrever. Escrever apenas num texto foi uma péssima decisão. Estou escrevendo dois textos e estou recuperando a autoestima intelectual. Quando canso de um, escrevo o outro. Há dias em que escrevo os dois. Tem dias em que escrevo apenas um. Às vezes, uma semana é só para um e a outra só para o outro. Posso escrever um em um quarto de hotel, quando viajar para um congresso, e escrever o outro em casa. As possibilidades são intermináveis. Como uma coisa tão óbvia e simples pode ser tão eficaz?! Como perdi tanto tempo escrevendo um texto por vez?!

"Quem tem mais valor intelectual, eu ou ele? Quem tem mais chances de ser publicado, eu ou ele? Quem tem mais referências bibliográficas atualizadas, eu ou ele? Quem é mais pós-moderno, eu ou ele? Quem receberá a estrelinha amarela no currículo, eu ou ele? Quem tem potencial para virar um artigo clássico, eu ou ele? Quem vai ser mais citado, eu ou ele? Quem vai ser mais plagiado, eu ou ele?". Não aguento mais. O status do outro é de autoria individual, enquanto a mim foi imposto um regime de coautoria que, no máximo, significará uma alteração no meu título pelos meus Coautores. "Escrever outro artigo para me escrever melhor..." Isso é desculpa que os homens dão a si mesmos para tornarem abertas relações textuais que já estavam mortas desde o começo.

Em meio a isso tudo, não pude deixar de notar que, pela primeira vez, meu Autor me chamou de "meu artigo" e isso deve significar algo. O que é insuficiente para aliviar os pensamentos de que neste exato momento ele está escrevendo o outro artigo com vocabulário mais diversificado do que o meu, que há nele notas de rodapé de meia página com citações em alemão e francês que jogarão na cara dos leitores e leitoras o quão profundo é seu conteúdo, enquanto em mim as notas de rodapé são preguiçosas indicações de referências: "Para mais informações ver fulano; ver sicrano".

BRASIL, 15 DE DEZEMBRO DE 2012

UM DIA QUALQUER

>>>

Muitos autores e autoras perdem o tesão logo após deixarem um antigo texto para ficarem com o texto que supunham ser o amor de sua vida. Sei disso porque, num longínquo passado recente, quando meu Autor não aguentava mais passar o dia e a noite tentando escrever a dissertação de mestrado, ele me procurava às escondidas, com os dedos ávidos do teclar da promessa intelectual, a me dizer que eu seria seu único texto. Naquela época, meu corpo era tão amorfo que ele tinha total liberdade para projetar suas fantasias textuais em mim, escrevendo objetivos específicos tão genericamente obscenos que logo eram apagados, mas que ainda assim me faziam acreditar que eu era seu verdadeiro amor. Hoje me sinto como se fosse aquela dissertação pela qual meu Autor perdeu todo o tesão logo após o exame de qualificação, mantendo um relacionamento de fachada só para não ter de devolver integralmente os valores recebidos por sua mísera bolsa de pesquisa.

BRASIL, 20 DE DEZEMBRO DE 2012

O VALOR DE UMA AMANTE

Todo artigo sabe, lá no fundo de sua revisão bibliográfica, que não foi e não será o único amor na vida de seu autor. Mas saber disso não nos imuniza das ilusões do amor romântico. Basta dizer que as leituras e mais leituras que realizei de artigos desconstruídos de toda forma de discurso regulador da nossa vida textual foram insuficientes para diluir meu desejo de uma união estável e monográfica com meu Autor. Juro que tentei. Tentei de tudo para extirpar o sentimento de posse. Nada adiantou. Desde que descobri o seu caso extratextual, gasto todo o tempo pensando em formas de não sofrer mais do que sofria. Envergonho-me de assumir, mesmo que só para mim, que apenas a leitura de livros de autoajuda tem me propiciado algum conforto para suportar isso tudo. "Como escrever duas mil palavras por dia", "Adquira o hábito da escrita", "Seja o escritor que você sonhou ser", "Tudo que você queria saber sobre a escrita profícua". Todos esses livros me convenceram de que era bom para a minha escrita que meu Autor estivesse escrevendo outro texto, e de fato isso fez com que me escrevesse todos os dias, como nunca. Assumo, inclusive, que minha introdução só deixou de ser incompleta e mal estruturada depois do início do seu caso extratextual. De outro modo, ele ainda estaria me moldando como um artigo Sherlock Holmes, deixando só para o final o que é mais importante em mim, com a ilusão de que isso me deixa com a aparência de um thriller de suspense e mistério, sem ter a mínima ciência de que o mistério na escrita acadêmica é brochante mesmo para aqueles estudantes de pós-graduação que assistem a todas as temporadas de qualquer série, de qualquer plataforma de streaming, prestes a ser cancelada por falta de pagamento, só para não escreverem seus artigos, mesmo quando sabem qual será o final da série ainda nos cinco primeiros minutos do primeiro episódio.

Agora também sou escrito mais em voz ativa, com mais substantivos concretos e, ainda que vacilante, com mais verbos precisos, em vez daqueles genéricos e inseguros infinitivos pessoais regidos por preposições sem sujeito definido e sem qualquer sentido imperativo. Até arriscou a primeira pessoa do singular no último parágrafo da introdução com um "Meu argumento neste artigo é...". Nunca me senti tão potente e desejado.

Por ser um artigo brasileiro, tudo isso ainda é muito conflituoso, pois, por mais que minha estética pareça a de um artigo pós-moderno libertino disposto a participar de qualquer orgia teórica, a qualquer hora do dia, a tradição judaico-cristã está entranhada em toda minha inscrição, tornando não só os meus dias cheios de vigília atormentada por ter várias citações fora das normas em meu corpo, mas tornando as minhas noites repletas de sonhos de luxúria e pesadelos de traição literária. Num desses pesadelos, meu Autor escrevia o outro artigo à mão em lugares públicos como cafés, restaurantes, livrarias, parques e bibliotecas, à vista de todos, sem qualquer pudor, enquanto reservava apenas os domingos e feriados para tentar me escrever no canto escuro do quarto, quando se sentia sozinho tarde da noite, sem qualquer sinal de que conseguiria ir além de algumas revisões dispersas em minha microestrutura.

... apenas a leitura
de livros de autoajuda
tem me propiciado
algum conforto para
suportar isso tudo.
"Como escrever duas mil
palavras por dia",
"Adquira o hábito da escrita",
"Seja o escritor que você
sonhou ser",
"Tudo que você queria
saber sobre a
escrita profícua".

BRASIL, 10 DE JANEIRO DE 2013

A MONOGRAFIA É O QUE ME RESTA

>>>

Apesar da excitação, não consigo aceitar ser escrito concomitantemente a outro texto. A aflição ao imaginar o corpo do meu Autor sobre a estrutura argumentativa jovem e firme daquele artigo não compensa o prazer de ser escrito novamente. Tentei aceitar sua relação extratextual como parte de meu projeto político de emancipação da lógica binária Autor-Texto. Fracassei. A indecisão acaba aqui. De outro modo, serei apenas objeto de um Autor covarde que não tem coragem de me assumir como o seu texto. Retornarei ao meu estado natural de artigo possessivo. De agora em diante, o que puder fazer para dificultar as coisas, farei. O que não falta por aqui são softwares de gerenciamento de referências bibliográficas, baixados há anos e sem qualquer uso, solidários com minha causa e a postos para encher o disco rígido e a memória RAM do meu hospedeiro a qualquer sinal de aproximação do meu Autor daquele artigo.

BRASIL, 20 DE FEVEREIRO DE 2013

UM ARTIGO TRAÍDO É SEMPRE UM ARTIGO TRAÍDO

Por causa dos ciúmes, tornei o cotidiano do meu Autor insuportável. Travei suas redes sociais, seus softwares, seus aplicativos, seus contatos, travei tudo. Tudo mesmo! Quando ele tenta abrir qualquer arquivo Word que não seja o meu, paro tudo, e dezenas de outros manuscritos iniciados e nunca acabados, desde a sua graduação, abrem subitamente só para ele se lembrar das consequências de tentar escrever um novo artigo sem ter terminado aquele que estava escrevendo. Ele pode ficar traumatizado e nunca mais conseguir escrever. Pouco me importa, desde que não escreva em mais nenhum texto que não seja eu, não há o menor problema.

A primeira reação quando emito essas atitudes é me sentir empoderado. Argumentos políticos não me faltam para justificar que tenho total direito de ser um artigo abusivo. Como consequência, sinto os efeitos comuns entre abusadores narcisistas: tristeza momentânea acompanhada de uma vontade incontrolável de fazer tudo de novo. Desgraçado! Aquele artigo você não escreve nunca mais!

BRASIL, 30 DE ABRIL DE 2013

I'M A JEALOUS PAPER

>>>

Mais do que querer ser escrito, gostaria de ter o direito de contatar o meu Autor para lhe pedir perdão por tudo o que o fiz passar no último mês. Se esse desejo me fosse concedido, postaria um vídeo num canal do YouTube, dedicado às misérias da escrita acadêmica, encarnado no corpo de um John Lennon arrependido por não ter evitado o próprio assassinato, cantando ao lado de uma Yoko Ono sempre muda, como é a escrita do meu Autor, uma música para expressar todo o meu arrependimento por ser um artigo possessivo e para lhe dizer que o amor entre um artigo e seu autor só existe porque é estranho.

BRASIL, 2 DE MAIO DE 2013

QUERIA TER SIDO UM ARTIGO DESCONSTRUÍDO

Num passado recente, quando ouvia artigos pós-modernos proclamando com orgulho que nosso self é uma ficção, que nossa identidade é fluida, líquida, fragmentada, que a tragédia é o que nos une, que somos evanescentes, achava tudo aquilo tão fascinante, tão descolado, tão multiplicidade e diversidade da escrita... me sentia tão Stuart Hall e seu textinho, que tem mais citações diretas do que sua própria escrita. Mas, depois que descobri a traição do meu Autor, acreditava que nenhum discurso neorromântico da escrita seria capaz de me fazer qualquer mal. Isso é o que achava até descobrir que dentro da minha própria pasta vivem hoje, bem abaixo do meu arquivo, inúmeras versões de mim mesmo. Como é possível um texto que está longe de parecer completo, terminado, ter tantas versões de si mesmo? "Artigo da Dissertação em revisão", "Artigo da Dissertação versão iniciada", "Artigo da Dissertação-versão comentada" e treze azarentos arquivos "Artigo da Dissertação 1, 2, 3, 4, 5, 6, 7, 8, 9, 10, 11, 12, 13".

"E se eu não for a versão mais avançada de mim mesmo?! E se eu for mero repositório de partes inacabadas daquelas outras versões?!". Só quero que esses pensamentos parem. Só quero voltar a sentir que sou único, mesmo que isso signifique ser o único artigo inacabado no mundo inteiro.

Até pensei que o ideal seria contatar aquelas versões e lhes perguntar sobre suas escritas. "Quem são vocês? Como são escritos? São como eu? São todos parte de um mesmo desejo fissurado de escrita?" Não devo fazer isso. Não consigo olhar mais para o título do meu arquivo. Vai que sou agora, ou sou desde o início da minha escrita, apenas "Artigo da dissertação versão abandonada"? Se nenhum deles me contatou, deve ser para o bem da harmonia da nossa existência ou porque morrem de inveja de mim, que mesmo em estado inacabado sou a versão principal. Só pode ser essa a explicação. Deve ser mais uma dessas regras da escrita acadêmica que todo mundo sabe, menos eu. Me fechar e nunca mais andar dentro da minha própria pasta é a decisão mais certa a tomar. Prefiro a covardia da ilusão da unidade do self à alegre aventura da multiplicidade da escrita. Se não dei conta do casinho extratextual do meu Autor, não vou dar conta disso.

BRASIL, 7 DE MAIO DE 2013

SÓ MAIS UM DIA

>>>

Há dias, meu Autor não para de visitar sites de concursos públicos para pesquisar vagas de docência universitária, mesmo sabendo quantas e quais são as vagas abertas em todo o Brasil em sua área de conhecimento.

Como me explicou um artigo de psiquiatria escrito por um autor que não precisa se preocupar com concurso público nem bolsa de pesquisa, pois o que não falta são estudantes de pós-graduação em seu consultório: "Isso é só mais uma psicopatologia da vida acadêmica".

A preocupação é só porque a coisa piorou nos últimos dias, quando meu Autor começou a acompanhar um concurso, com uma obsessão maior do que a normal. Agora o seu tempo é o tempo da vida acadêmica alheia. Mal toma seu desnutrido café da manhã, sem nenhuma proteína animal e sem qualquer fundamentação nutrológica segura, apenas sobreposições de carboidrato, como pão de sal e pizza dormida, e começa a conferir, de novo, a lista de inscrições deferidas e indeferidas do concurso, que conferiu dez vezes na noite anterior antes de dormir. Tabula no Excel todos os currículos de todos os candidatos, de modo a organizar e identificar com a maior precisão possível as relações e correlações entre os nomes dos candidatos e seus vínculos institucionais, com o propósito de gerar uma quase estatística da probabilidade de aprovação de cada um. Quando vê que alguém, com menos de trinta anos, publicou mais de trinta artigos em periódicos internacionais, seu sistema circulatório se contrai de tal forma que a palidez se torna a fachada oficial de sua face. Nesses momentos, só nesses momentos, é possível classificá-lo como um homem totalmente branco. Seu quadro piora a cada dia, porque a doença é coletiva. "Vocês viram os absurdos deste concurso?!", ele dispara no grupo de pós-graduandos no WhatsApp. Aí pronto. A frágil barragem de rejeitos da extração de rancores acumulados desde o primeiro artigo rejeitado é rompida. "O doutorado do fulano é todo furado"; "Sabemos para quem são os pontos da prova"; "Tudo em coautoria com trocentos autores"; "Sicrano teve a coragem de incluir em seu currículo, como artigo, um texto publicado em um boletim de uma faculdade particular"; "Esse concurso é todo armado"; "Já sabemos quem vai passar"; "É por isso que o Brasil não vai pra frente". E nessa toada, o ressentimento soterra as esperanças de mais um dia que poderia ter sido usado para me escrever.

BRASIL, 9 DE MAIO DE 2013

NUNCA SEREI CITADO

>>>

Adoro ler blogs de jornalismo científico, porque eles realçam nosso valor para o grande público. Para tanto precisam nos simplificar e precisam daquilo que qualquer jornalismo que pretenda atingir as massas tem de fazer: fofoca. Tudo, no entanto, tem limites. E um desses limites foi ultrapassado ontem por uma matéria de um blogueirinho de divulgação científica, mestrando em comunicação, atrasado um ano para defender sua dissertação, mas que escreve quase todos os dias em seu blog. Intitulada "Quem realmente é lido na ciência", a matéria afirma que sessenta por cento dos artigos publicados só serão lidos pelos próprios autores e autoras e que noventa por cento de todos os artigos publicados no passado, no presente e no futuro nunca serão citados por ninguém. O que me fere é saber que essas informações têm base empírica em um de nós. Um traidor publicado com um título digno de manchete de um tabloide inglês: "Papers: Who's Uncited Now".

Quando li esse abutre da nossa escrita, senti um misto de inveja da vida de subcelebridade acadêmica e de náusea da sociedade do espetáculo universitário. Só tendo muito privilégio acumulado para expor nossa vida daquela maneira. Só um artigo escrito por um autor que acumulou uma centena de artigos em base de dados multibilionárias especula tão irresponsavelmente no mercado volátil da comunicação científica. Apesar de tudo, não quero transformá-lo em um Judas entre nós. Até porque ele não é o único nem o primeiro detrator da nossa espécie. Karl Mannheim e Max Weber tentaram, sem sucesso, algo parecido em suas embrionárias sociologias da ciência. Inocentes que eram, não tiveram imaginação econômica suficiente para preverem que todas as ciências humanas e sociais do século XX e XXI se ajoelhariam de bom grado perante o altar do capitalismo científico e se submeteriam com servidão agradecida à ditadura bibliométrica estadunidense e a seus grandiloquentes discursos de progresso das nações acadêmicas. Assim, desde a Primeira Guerra Mundial, os artigos adeptos da mais cultuada das religiões acadêmicas, a cientometria, se fazem intocáveis entre nós com suas análises métricas que chamam a atenção, sobretudo, por seus gráficos de curvas fálicas e fazem autores como o meu acreditarem que o tamanho do fator de impacto é o único documento válido na vida acadêmica.

BRASIL, 10 DE MAIO DE 2013

A DESCRIÇÃO COMO CURA

>>>

Embora eu não desconfie da minha alta capacidade dedutiva, tenho investido, nos últimos tempos, certo esforço em análises indutivas do meu estado de texto não escrito, pois estou cansado de teorizar e chegar sempre à mesma dedução: não importa o que aconteça, não sou escrito. Sei que o indutivismo não resolverá meu problema. Nada o resolverá... só meu Autor pode fazer isso. A indução ao menos diminui esse excesso de racionalidade, que intensifica meu sofrimento. No meu âmago, nunca duvidei que uma boa descrição indutiva vale mais do que mil elucubrações teóricas silogísticas rebuscadas, que refletem mais meu estado de resignação por não ser escrito do que qualquer sinal de aceitação saudável do meu estado de incompletude. Mas não conto isso para ninguém porque se falo que não estou interessado em nenhuma teoria, em nenhuma fantasia conceitual, nem em algo mais, e que minha alucinação é suportar o dia a dia da minha não escrita, que meu delírio é a experiência com textos reais, vão dizer na hora que sou raso. Um artigo que, mesmo finalizado e publicado, nunca será lembrado por ter sido escrito por um Autor qualquer fora do eixo Rio-São Paulo. Um Belchior acadêmico morto no esquecimento editorial imposto pelos Novos Baianos da USP e pelos Mutantes da UFRJ.

Minhas descrições não são puras e não saio dizendo a qualquer texto que tenho tesão por esse recurso que me aproxima da oralidade e da informalidade. Muito menos assumo publicamente que, para ser o mais descritivo possível, tomo todos os dias, antes e depois de ser aberto, pílulas do pragmatismo jamesiano como contraveneno à minha propensão a dizer tudo o que digo com tanta certeza sobre qualquer coisa. Hoje cedo, por exemplo, logo após ser aberto, para não ser mais uma vez escrito, tomei a seguinte pílula pragmática:

> Em um mundo como esse, nosso dever seria o de evitar a verdade, de preferência. Mas nesse mundo, exatamente como certos alimentos não são somente agradáveis ao paladar, porém bons para os dentes, estômago e tecidos, assim certas ideias não são somente agradáveis ao pensamento ou agradáveis como su-

porte de outras ideias que nos são caras, mas também úteis às lutas práticas da vida. Se há qualquer vida que seja realmente melhor do que a que devemos levar, e se há qualquer ideia de que, em sendo acreditada, ajudar-nos-ia a levar tal vida, então será realmente melhor para nós acreditar nessa ideia, a não ser que, na verdade, a crença que se depositasse colidisse incidentalmente com outros benefícios vitais de maior vulto[1].

Passagens como essas amenizam a minha ânsia de busca pela Verdade, com v maiúsculo, sobre meu estado de incompletude interminável. Embora o pastor, no armário do espiritualismo estadunidense, William James, não tenha prometido nenhuma cura para o bloqueio da escrita, ele nos deixou como legado o terço da descrição para orarmos pelo desapego ontológico da palavra escrita, pois só com a liturgia pragmatista me vejo e aos demais artigos, inacabados ou não, como o que são: construções iludidas de que são fatos autoevidentes, uma realidade *out there* do mundo acadêmico.

1. Como é bom ter, ao menos aqui, uma citação coerente em meu corpo: William James. *Pragmatism: A New Name for Some old Ways of Thinking*. Popular Lectures on Philosophy. s.l.: s.ed., 1907, p. 28.

... desde a Primeira Guerra
Mundial, os artigos adeptos
da mais cultuada das religiões
acadêmicas, a cientometria,
se fazem intocáveis entre nós
com suas análises métricas
que chamam a atenção,
sobretudo, por seus gráficos
de curvas fálicas,
que fazem autores como
o meu acreditarem que
o tamanho do fator de
impacto é o único
documento válido na
vida acadêmica.

BRASIL, 13 DE MAIO DE 2013

NORMAL OU PATOLÓGICO?

Durante meus primeiros meses de existência, vivi com a certeza de que era superior aos meus iguais. Fossem eles publicados ou não, eu era mais eu. Não era questão de querer ou não me sentir assim. Simplesmente acreditava ser herdeiro de uma antiga e nobre linhagem real inglesa de meados do século XVII. Sangue do sangue da Royal Society of London. Herdeiro direto do nosso primeiro ancestral: o primeiro artigo publicado por Robert Boyle, quando nos tornou a mais poderosa das tecnologias literárias do universo, provando que, para crer num fato científico, não é mais preciso vê-lo, mas apenas lê-lo no formato de um artigo. Assim, nosso corpo foi batizado e chancelado respectivamente pelo clero e pela realeza.

A convicção de que minha gênese textual era legitimamente inglesa me enchia de orgulho, segurança liberal e esperança no progresso interminável da minha escrita. Fui, e ainda sou, vítima da soberba, pois não tenho o menor controle sobre os arroubos de superioridade que me tomam vez ou outra, geralmente, logo após constatar que a única genética textual a mim transmitida foi a da insegurança linguística de um Autor da periferia do mundo ocidental.

Tudo piorou mesmo quando li Canguilhem. A partir de então, perdi meus parâmetros seguros de doença e saúde. Até há pouco tempo, eu achava que um texto normal era um texto normal e que um texto doente era um texto doente. A indiscutível autoevidência da separação entre doença e saúde textual me manteve imune à verdade: os textos mais doentes são aqueles que se julgam os mais saudáveis, como eu me julgava, apesar de todo o estado de incompletude no qual me encontro desde minha fecundação.

Cogitei perguntar a artigos publicados se esse sentimento era normal e se deixaram de senti-lo quando foram publicados. Mas só de me aproximar do primeiro artigo desisti da ideia. Antes que falasse qualquer coisa ele me interrogou: "Qual seu ISBN?", "Qual o seu DOI?!", "Qual o seu Scopus?". Nem respondi. Além disso, todo artigo publicado que conheci até hoje age como se estivesse finalizado há séculos, mesmo quando suas cicatrizes de remendos semânticos estão bem expostas para todo mundo ver. Argumentos apresentados que não foram desenvolvidos em nenhuma linha do texto. Dez referências bibliográficas num único parágrafo só para emitir uma afirmação que não precisava de ninguém para corroborar. Conclusões eloquentes para disfarçar a impossibilidade de qualquer conclusão. Tudo isso me diz que não posso esperar humildade de quem foi publicado.

Não preciso mais fazer o jogo do autoengano. As respostas para minhas dúvidas devem ser buscadas em outro lugar. Se existe um texto doente, como eu, é porque antes existe um autor doente, e só existe um autor doente porque há uma organização cultural da escrita acadêmica doente, como me disse um artigo de antropologia da ciência, deprimido por ser lido e citado apenas por aqueles que concordam que a ciência é um objeto etnográfico como outro qualquer. Seu maior sonho, ele me confessou: "Ser conhecido para além de minhas pequenas fronteiras disciplinares". Influenciado por aquele artigo, menos por seu conteúdo e mais por dó de seu baixo fator de impacto, tomei a decisão de fazer uma etnografia da minha não escrita, como parte dos meus planos de ser menos explicativo e mais descritivo. Hoje foi o primeiro dia de trabalho, tendo a sala de reunião do grupo de pesquisa do qual meu Autor faz parte como meu campo etnográfico, ao qual visava aplicar todo o meu rigor metodológico de observador não-participante-oculto. Meu plano de trabalho inicial previa uns seis meses de imersão, no mínimo, de modo a abstrair todas as estruturas elementares dos pensamentos subjacentes àquele microcosmo social do qual me origino. Porém, só dei conta de meia hora de etnografia na parte da manhã e mais meia hora de etnografia na parte da tarde. Ainda assim, dela extraí duas notas de campo de grande valor.

> DIÁRIO DE CAMPO
>
> 13 de maio de 2013
>
> Sala de reunião do grupo de pesquisa

Nota 1

São oito horas da manhã de uma segunda-feira de maio. Da janela lateral do quarto de dormir, vejo que a cidade acordou banhada por um mar mediterrâneo invertido azul límpido, como um sonho a banhar uma cidade privada do mar.

Agora meu hospedeiro está aberto na cantina da universidade, numa velha mesa vermelha encardida, com um emblema branco da Coca-Cola quase totalmente apagado, que pensei inicialmente ser uma surrada bandeira do partido comunista. Meu Autor está prestes a tomar o café da manhã. Observo-o dar a primeira mordida em um pão de queijo como se recebesse a hóstia do próprio papa, se o papa fosse ateu e, ao mesmo tempo, líder religioso de alguma escola sociológica com poder suficiente para lhe conceder o total perdão pelos pecados da escrita. Enquanto mastiga, seu olhar está fixado em todos os movimentos da faxineira da lanchonete. Uma senhora baixa e gordinha, um metro e meio no máximo, que passa o pano de chão com a energia que lhe resta para esquecer, um pouco, que ainda lhe faltam dez horas para chegar em casa. Ela se parece com a falecida mãe do meu Autor. De novo, distraído, ele queima a língua. Pela cara, fracassou em dosar a temperatura correta para a mistura, em sua boca, da massa mastigada de pão de queijo com o café, que lhe daria a certeza de ao menos uma coisa no seu dia acadêmico ter sido prazerosa. Meu hospedeiro começa a ser fechado. A escuridão...

São nove e meia da manhã. Não tenho a mínima ideia do que meu Autor fez na última hora e meia. Se usasse esses vácuos temporais para me escrever... Meu hospedeiro agora está em cima da mesa da sala de reunião. Fui aberto com a tela direcionada para o sol de modo a todos me verem, mas com o reflexo os impedindo de saber que meu título é genérico e meu resumo está pela metade. Sou alvejado por contraídos olhos de inveja e de medo da completude do texto alheio. Mal sabem a realidade.

No centro da sala, quatro mesas velhas e incompatíveis entre si em formas e cores, compõem uma mesa imperfeita. À sua volta, quinze cadeiras. Nem uma igual à outra. Todas igualmente velhas e com farpas microscópicas nos encostos, apenas visíveis para quem tem uma visão como a minha. A sala tem precisamente vinte e um metros: sete de comprimento por três de largura. Do lado esquerdo, próximo à entrada, descansa um armário de aço cinza, rajado por profundas rugas enferrujadas. Diria que está bem acomodado ali desde maio de 1968. Do lado esquerdo de quem entra e do direito de quem sai da sala, duas prateleiras de madeira maciça, abarrotadas de livros empoeirados, figuram uma decoração vintage não planejada. De onde estou, consigo ler alguns dos nomes dos autores daquele involuntário museu literário da linguística do século vinte: Jakobson, Saussure, Meillet, Bakhtin, Labov.

Estamos no quarto andar da faculdade de filosofia e ciências humanas. Uma janela retangular enorme forma uma parede de vidro quase transparente. Uma persiana bege desbotado, quase totalmente aberta em suas laterais, encontra-se emperrada, como se fosse este o estado natural de sua existência mobiliária. Sua presença só é notada pelo balançar discreto de algumas teimosas lâminas verticais ainda sensíveis ao pouco vento que por ali transita.

Como fui reaberto só quando estava na sala, não sei quem chegou primeiro. Todos tomam café. Todos estão de pé. Há por volta de oito pessoas no recinto. Escuto tudo e todos. É impossível transcrever com perfeição o que falam, porque falam ao mesmo tempo. Duas jovens estudantes fumam na pequena porta da sala. Seus corpos estão dentro e suas cabeças estão fora. Enquanto uma traga, a outra libera a fumaça no corredor escuro com a cabeça inclinada para cima e os lábios, semiabertos, prontos para um beijo à força no devir. Não sei bem qual das duas faz um comentário sobre o uso de copos de plástico: "É um absurdo usarmos isso na universidade". Fora do meu campo de visão, escuto uma voz masculina com pretensões de hegemonia praguejar sobre a necessidade urgente de a esquerda se unir. Ninguém parece escutar e, se alguém escutou, ninguém se manifestou. A profusão de vozes combativas aumenta de modo bem gradual e ininterruptamente. Todos e todas são participativos. Ninguém aceita o papel de coadjuvante, tirando o meu Autor. Só não escuto a voz dele. E não acho que seja por humildade. Ninguém finaliza o que está dizendo porque todos tentam finalizar o que o outro está dizendo. Estreias de peças teatrais, o novo filme iraniano e a admiração pela decadência do centro da cidade lutam como se a potência vocal fosse suficiente para terminar com todas as desigualdades sociais do mundo.

Uma voz feminina metálica se sobressai como um infinito eco imperativo. O sistema de captação de áudio do meu hospedeiro falha por alguns instantes. Só consigo captar o final de uma frase "... mudar é mudar de opinião". A voz é de uma doutoranda de vinte e seis anos, um metro e setenta e nove centímetros de altura, pele branca, cabelos castanhos, quase loiros, rosto fino como uma lança afiada, olhos verdes folha seca e um nariz sutilmente pontiagudo apontado para o teto, de modo que seus olhos nunca encontram os olhos de mais ninguém. Pelo seu histórico no Facebook, ela acabou de retornar de um mochilão pela Europa, de seis meses, com o dinheiro que, em suas palavras mais duras e seguras, diz ter juntado com esforço próprio vendendo brigadeiros mágicos. É o que ela responde aos ataques daqueles que ousam chamá-la de rykah nas redes sociais. Estou exaurido. A etnografia só é fácil quando realizada confortavelmente na cobertura do bem fundamentado edifício estruturalista.

Nota 2

"Riscos futuros, vantagens a médio, curto e longo prazo, frequência de acessos, desvalorização, valorização, avaliação, indexador, probabilidade de aceite, classificação, fator de impacto, indicadores, alavancagem de publicações, índice H5, mediana H5". Desiludido com a incursão etnográfica, depois de apenas uma manhã de trabalho de campo, fui acordado, depois do almoço, pelo léxico abstrato do mercado econômico acadêmico.

Do nada, uma voz masculina, de alguém que não localizo no meu campo de visão, se faz única no caos do pregão editorial, emitindo conselhos de investimentos para o meu Autor: "Periódico nacional não vale nada. É bom só para começar"; "No Brasil qualquer coisa é publicada, então será mais fácil"; "Você tem de pensar que poderá levar anos para passar em um concurso, então é melhor publicar em uma revista internacional"; "Se você publica em uma revista internacional, no outro dia, um milhão de chineses já acessaram seu artigo"; "Só publico se for em revista internacional. É mais difícil mesmo, compreendo quem tenta publicar por aqui".

Não vou ser hipócrita e dizer que não me importo com as transações do mercado de publicação só porque tenho toda essa capacidade surpreendentemente crítica de olhar para os efeitos nefastos do neoliberalismo acadêmico. Me importo e muito. Onde serei publicado é mais importante do que tudo nesta vida. Diria que é quase tão importante quanto ser escrito. Porque o mundo das publicações, como diria Ruth Glass, não é como o mercado imobiliário da classe média intelectual. No meu mundo, não tem essa de ir morar num apartamento velho em alguma parte decadente do centro da cidade se achando humilde em um imóvel que valerá o triplo do preço daqui a cinco anos. Não me inflaciona ir para uma base de dados que pareça uma velha fábrica estilizada para me fazer parecer alguém desapegado da estética imobiliária hegemônica. Não adianta mesmo! No meu universo, ou você mora numa base de dados internacional, como se morasse numa cobertura de trezentos metros quadrados toda revestida do mais branco, esmaltado e marmorizado dos porcelanatos, ou você não é ninguém.

"Periódico nacional
não vale nada.
É bom só para começar";
"No Brasil qualquer coisa
é publicada, então será mais
fácil"; "Se você publica em
uma revista internacional,
no outro dia, um milhão
de chineses já acessaram
seu artigo"; "Só publico
se for em revista
internacional.
É mais difícil mesmo,
compreendo quem tenta
publicar por aqui."

BRASIL, 2 DE JUNHO DE 2013

QUERIA SER UMA NARRATIVA ORDENADA

>>>

A leitura cotidiana do diário do meu Autor me levou a crer que ele seria capaz de me escrever como uma narrativa minimamente ordenada. Por isso, eu fantasiava com o dia no qual leria seu diário no exato instante em que ele estivesse escrevendo um insight teórico que depois seria transposto para meu corpo sem qualquer necessidade de ajuste formal. Seria um instante textual orgástico. Como dois escafandristas, mergulharíamos nas profundezas da sintaxe acadêmica, em busca de relações precisas de concordância e de subordinação a nos interligar ao longo de estruturas linguísticas hermeticamente seladas por argumentos inquestionáveis mesmo para aqueles milhões de acadêmicos compulsoriamente aposentados, que gastam o pouco tempo restante de suas vidas à procura do furo lógico no texto alheio.

O encontro com meu Autor seria um momento de pura fusão texto-autor, autor-texto. Os conflitos, se existentes, seriam os de um jovem Werther, que trocou o plano suicida pela aceitação das dores literárias assimétricas como parte constituinte da minha escrita. A morte do autor não seria nosso propósito de vida, e juntos, mandaríamos ir se foder toda ideologia romântica da escrita: a inspiração pura, o isolamento, a espontaneidade, a naturalidade, a pose frágil e falsa de contestador, o conflito interno infinito e, sobretudo, à espera do gênio que condena há mais de dois séculos gerações e gerações de homens e mulheres asfixiados pelo espaço minúsculo e intransponível existente entre as pontas dos dedos e o começo da escrita. Mandaríamos ir se foder também a ideologia realista que me fez desejar uma escrita que representasse a totalidade da realidade. Isso, contudo, seria difícil de fazer. Já pensou, além de não ser escrito, ser chamado de artigo realista? Se Flaubert foi processado por imoralidade e chamado de párea idiota por toda a França, imagine só o que diriam de mim.

Tudo isso me importa menos à medida que meus desejos românticos e realistas têm se deparado com a realidade da escrita do Charles Bovary que é o meu Autor. Digo isso pautado na constatação de que sua escrita naquele diário tem revelado a maior covardia de todas no mundo da escrita acadêmica: o medo do nosso papel na trajetória daqueles que nos escrevem. Sou apenas um amontoado de tópicos, parágrafos, frases e citações soltas, e meu Autor me demoniza como se eu fosse um texto bastardo a requerer alguma herança por vínculo linguístico. Todos sabemos dessas histórias de arrependimento autoral. Mesmo o mais bem-sucedido e atemporal de todos nós, o artigo clássico, passou ou passará pela rejeição autoral. Compreendo que isso seja uma fase inevitável da nossa existência. Só não compreendo como um autor que nem escreveu ou publicou direito na vida possa ser tomado pelo temor da autoria passada. Nesse caso, de mim, um texto que nem escrito foi.

Mesmo que possa ser só uma racionalização para evitar a consciência do prazer que sinto no sofrimento da minha não escrita, a única saída é acreditar no poder desliteralizante da leitura do diário do meu Autor.

> BRASIL, 29 DE MAIO DE 2013
>
> Estou inseguro com a escrita deste artigo. Tenho medo de que as pessoas me critiquem e achem que o meu pensamento é raso. Um artigo publicado é algo definitivo. Daqui a décadas, ele poderá ser recuperado por qualquer um. E se o artigo não estiver bom, se estiver mal escrito, não terei como voltar atrás e explicar que meu pensamento evoluiu. Tenho medo de que daqui a dez anos esse artigo, que surge de uma pesquisa crítica e progressista, seja identificado como um artigo da ultradireita. Não sei, acho melhor deixar este artigo um pouco de lado no momento. Ele precisa amadurecer.

Achava que qualquer pesquisador minimamente bem formado saberia de fatos psicolinguísticos estabelecidos há décadas, como o fato de que nosso "amadurecimento", seu covarde, se dá no ato. Na escrita. No movimento. Na ação. Na coragem do erro. Na aproximação do sentido. E não na passagem do tempo. "Amadurecer?!". Estou é podre antes mesmo de ser publicado. A passagem do tempo só leva a um lugar: a miséria da escrita. Os verdadeiros escritores erram para acertar e escrevem para descobrir o que têm a dizer. O movimento da mão é o fertilizante natural do pensamento e não o contrário. Que educação é essa que faz uma pessoa rechaçar o instinto mais primevo da escrita? A capacidade de gerar o novo, o que não se sabe, o início, o fim e o meio não se dá por geração espontânea. Em uma coisa ele tem razão: depois da publicação de um artigo, não tem volta. Por isso, o medo dele não deve ser de descobrirem o erro no seu passado, mas deve ser o medo da minha imortalidade. O medo de que meu corpo sobreviva à decomposição do dele. Talvez sobreviva à decomposição dos corpos de todos aqueles que um dia escreveram. São todos uns covardes. Já li como muitos autores e autoras se referem aos seus primeiros artigos: “Naquele momento ainda estava tateando a construção de algo mais significativo, por isso escrevi aquilo”; “Quando escrevi aquele artigo era jovem e ingênuo”; “Meu pensamento mudou totalmente, você não me compreenderá lendo aquele artigo”; “Acho que aquele artigo foi apenas um ponto de partida”. E a pior frase de todas: “Para entender o meu pensamento hoje, você pode desconsiderar totalmente a fase em que escrevi aquele artigo”.

BRASIL, 18 DE JUNHO DE 2013

A POLÍTICA ME INTERDITA

>>>

Ontem fui escrito por duas horas seguidas. Uma de geração de texto por meio da escrita livre e outra de revisão. Esta é com certeza a organização ideal para me escrever. Uma hora de natureza instintiva e uma de controle social. Id, ego e superego acadêmicos afastados o suficiente para que minha composição ocorra da melhor maneira possível.

Como recompensa para aquele raro momento de geração da minha escrita, meu Autor se permitiu uma merecida passeada, sem qualquer culpa, pelo Facebook. Primeiro, dois minutos de visualizações dos aniversariantes do dia: não deu parabéns a ninguém. Depois, visualizações de postagens sobre manifestações que aconteciam pelo país, que o levaram até a sala de estar para comprovar, na tela da TV, aquilo que acabara de visualizar na tela do meu hospedeiro. Um hábito comum entre pessoas que nasceram até o final da década de mil novecentos e oitenta. Até suponho que, se meu hospedeiro fosse conectado à televisão, e eu projetado na tela, meu Autor estaria me escrevendo com frequência e segurança muito maior. Enfim... A princípio, não dei muita atenção a seu repentino interesse político. Até porque não deu cinco minutos e ele voltou para mim. Isso foi o que pensei inicialmente, pois a atenção agora era dividida em olhares perdidos para a pilha de livros que ainda não leu, algumas tentativas fracassadas de retomar a minha redação, com correções de vírgulas que nunca sabe onde inserir seguramente, e visualizações nas páginas do *El País*, *Estadão*, *Folha de S.Paulo*, Mídia Ninja e Globo.com, site que abre e fecha várias vezes ao dia, com vergonha de não conseguir controlar seu olhar, que vai diretamente para a vida das subcelebridades.

Deixou várias páginas de notícias sobrepostas ao meu corpo: "Das redes sociais às ruas"; "O Brasil vai às ruas"; "Manifestantes enfrentam a polícia"; "Milhares vão às ruas"; "Grupo tenta invadir a prefeitura e queima carro da polícia"; "Se a tarifa não abaixar, São Paulo vai parar"; "Poder popular"; "Queremos escolas e hospitais padrão Fifa"; "Playstation 3 para todos". Depois, abriu fotos de policiais lançando bombas de gás lacrimogêneo em direção a grupos de estudantes e fotos da mesma foto eternamente plagiada desde maio de 1968: um estudante de camisa preta desbotada, mascarado por um lenço vermelho, como um vilão de faroeste mexicano, com seu tronco esguio inclinado o máximo possível para trás, com seus braços magros esticados como estilingues prestes a arremessar um coquetel molotov em um alvo nunca alcançado pela nova esquerda devido à falta de musculatura operária.

Em estado de excitação pela repetida estética do germe de mais uma antirrevolução brasileira, meu Autor preferiu escrever em seu diário a me escrever.

> 17 DE JUNHO DE 2013
>
> Hoje está acontecendo uma série de manifestações por todo o Brasil. Os protestos acontecem em diferentes partes da cidade, uma vez que haverá jogos da Copa das Confederações por aqui. Mas eles se iniciaram em todo o país duas semanas atrás, quando estudantes secundaristas de SP começaram uma série de manifestações contra o aumento da tarifa da passagem de ônibus e foram violentamente reprimidos pela polícia militar. Agora os protestos extrapolaram as fronteiras do estado paulista e se transformaram em uma junção de incontáveis reivindicações, que impedem qualquer diagnóstico de sua conjuntura e propósito. Obviamente, quem é de direita acha que a manifestação é de direita e quem é de esquerda acha que a manifestação é de esquerda. Sinto que também deveria estar na rua protestando. Porém, minha vontade de escrever é maior e há tempos não escrevia como hoje.

Logo após escrever essa passagem, meu Autor tentou voltar a me escrever. Seu dedo indicador esquerdo coçava as teclas control, option e command, enquanto seu dedo indicador direito coçava as teclas delete, return e shift, e seus olhos não me viam mais como a coisa mais importante do dia.

Sem ao menos conferir se meu arquivo estava salvo, calçou institivamente seu All Star azul, que não usava há quase uma década, e saiu correndo do quarto em direção à sala como se sua presença fosse a mais indispensável das presenças naquela manifestação. O que me restou foi o som estalado, forte e seco da batida da porta da sala, que nem foi trancada para me proteger. Só na madrugada soube de seu paradeiro. Se me preocupei com ele? Óbvio que não! Quem abandona a escrita não merece qualquer compaixão, somente a tortura literária.

BRASIL, 3 DE JULHO DE 2013

UM ARTIGO TEM DE SER POLÍTICO

>>>

Fiquei indignado quando meu Autor deixou de me escrever para protestar? Fiquei. Exagerei um pouco? Exagerei. Por isso, fiquei de pirraça e não escrevi uma única linha nas duas últimas semanas. Mas sei que nenhum texto que tem em si escrita a palavra "crítica" quer olhar para o passado e perceber que seu Autor foi alienado, sem nenhuma biografia política, até porque você só se torna um grande artigo de ciências humanas se seu conteúdo estiver associado a uma crise política, seja ela verdadeira ou inventada, revolucionária ou contrarrevolucionária. Lembrar-me disso abrandou meu ódio. Mas se escrever é um ato político, ele deveria ter me escrito mesmo indo às manifestações todos os dias. Além do mais, as manifestações ocorrem no final do dia. Então não há motivo para dizer, como se fosse um mártir: "É impossível escrever com isso tudo acontecendo no Brasil". O pior de tudo, em passagens como essas em seu diário, é que ele fala como se escrevesse com grande fluência todos os dias. Se escrevesse como deveria estar me escrevendo de segunda a sexta, ou melhor, de segunda a sábado, como todo operário brasileiro que trabalha, no mínimo, quarenta e quatro horas por semana, até me daria alguma razão para pensar que eu sou o problema.

BRASIL, 9 DE AGOSTO DE 2013

UM CLIMA PERFEITO PARA ME ESCREVER

>>>

Agora que a situação política brasileira voltou ao seu estado de inércia devido a mais um acordão, meu Autor decidiu viajar. Estou em cima de uma escrivaninha de madeira maciça e tão arcaica quanto todo o meu desejo de ser escrito. Meu Autor alugou, não sei com qual dinheiro, esta bela casa de campo. Seu único propósito: me escrever. A paisagem é bucólica e estamos sozinhos. Só ele, eu e estas garrafas de vinho barato. Nunca me senti tão lisonjeado, tão desejado. O dia está frio e nublado. Sinto um clima de tragédia literária no ar, como se estivesse prestes a ser escrito por um Autor que me escreverá nem que isso custe a própria vida. Porque nenhuma vida vale mais do que o término de uma escrita.

BRASIL, 10 DE OUTUBRO DE 2013

ESCRITA LÍQUIDA

>>>

Não aguento mais olhar para a biblioteca do meu Autor: cheia, abarrotada de livros, e todo mês ele compra mais e mais, até estourar o limite de mil reais de seu cartão de crédito universitário do Banco do Brasil. Depois que o dinheiro acaba, isto é, depois da primeira semana do mês, ele passa dias e dias baixando artigos no Sci-Hub e livros no Libgen. Depois, dias organizando sistematicamente pastas de leituras de "Textos para introdução"; "Textos para a parte conceitual"; "Textos para a parte metodológica"; "Textos para a discussão"; "Textos para as considerações finais". E por aí vai. Ele acredita mesmo que vai ler tudo. Sua cara confiante a cada novo download é a mesma cara confiante que me excitava no começo da nossa relação, quando nada me dava mais prazer do que o ver numa sexta à noite baixando artigos. Só caí na real quando ele passou duas semanas baixando e, depois, três semanas imprimindo duzentos artigos que hoje constituem uma pilha de papel para seu sobrinho gerar rabiscos mais promissores que o texto que há em mim. Pior do que isso, só quando escuta um colega da pós-graduação dizer que está lendo, com o mínimo de entusiasmo, algum autor ou autora que não tem nada a ver com meu conteúdo. O teatro do iludido recomeça: passa o dia fazendo downloads entre picos de euforia, agitação, prazer, irritabilidade, alterações da percepção, do pensamento, do humor, taquicardia, tremores, perda de apetite, extrema confiança, enorme indisposição física, compulsão alimentar, tristeza profunda.

Dia desses, ao ler um post no Facebook de uma colega falando que Bauman estava sendo a melhor terapia para superar o término de um relacionamento, ele teve nova recaída, porque agora precisa de arquivos cada vez mais pesados, porque arquivos com dez páginas não lhe dão mais nenhuma ilusão de que serão suficientes para me escrever. Aí foram: *Modernidade líquida, Vida líquida, Amor líquido, Tempos líquidos, Medo líquido.*

O ápice do desespero é quando ele compra mais um livro pela internet. Primeiro, entra de cinco em cinco minutos no site para acompanhar aquilo que mais o excita no capitalismo flexível: a velocidade da entrega de mais um livro que não será lido, entregue em total segurança na segurança do seu lar por um entregador sem qualquer seguridade social. De posse de sua encomenda, segue-se o mesmo ritual: senta-se bem na minha frente com a coluna ereta, com uma postura que nunca adotou para me escrever. Como um monge ocidental, que precisa fazer força demais para parecer relaxado, ele segura a impecável embalagem de papelão como se segurasse uma flor de lótus cultivada pelo próprio Buda. Deita delicadamente o livro no tatame duro que é seu colo. Posiciona seu estilete laranja fluorescente, afiado exclusivamente para ocasiões como essa, e faz sua ponta deslizar pela fissura quase imperceptível que lhe indica o caminho do meio. A ordenação e a paz do movimento retilíneo duram o tempo do término da resistência do papiro mudo que o separa da palavra impressa. O livro se mantém intacto. O fino invólucro de plástico que ainda os separa é rompido com violência oposta a todo o ritual empregado até aquele momento. A ponta de seus dedos toca a capa do livro como se tocasse a face imaculada do conhecimento. Suas mãos deslizam por aquela silhueta retangular como se fosse o corpo mais curvilíneo que tocou em toda a sua vida. Aspira profundamente o odor virginal daquelas páginas incólumes. Lê com olhos vítreos as informações na orelha da capa, passa direto pelos agradecimentos, prefácio, sumário e se arrisca a ler os primeiros parágrafos da introdução. Ousa fazer uma anotação no próprio livro. Recua. É cedo demais. Lê vorazmente três páginas e faz cara de quem não entendeu nada. Para a leitura abruptamente. Deduzo que a impaciência escalou velozmente seu coração, fincando-lhe a pontiaguda bandeira branca da rendição bem no topo da excitação intelectual. Pela contração do seu tórax, interpreto que uma voz muda esganiçada grita silenciosamente na boca do seu estômago a dor de mais uma derrota acadêmica. Ele fecha o livro como se fechasse o caixão do seu pior e mais antigo inimigo nunca vencido. O véu do alívio deprimido lhe cobre a face diante de mais uma leitura inacabada para tentar me escrever.

Como um monge ocidental,
que precisa fazer força
demais para parecer relaxado,
ele segura a impecável
embalagem de papelão
como se segurasse uma
flor de lótus cultivada
pelo próprio Buda.

[...]

A ponta de seus dedos
toca a capa do livro
como se tocasse
a face imaculada
do conhecimento.

BRASIL, 20 DE NOVEMBRO DE 2013

UMA ILUSÃO BIOGRÁFICA

>>>

Orgulhoso da transgressão, como um estudante de história que sorrateiramente picha a porta de um banheiro velho e inutilizado de uma faculdade de filosofia e ciências humanas, experimentei, nos últimos meses, inúmeras drogas biográficas. As primeiras leituras desse gênero, que todo mundo ama odiar, fez com que me sentisse o próprio James Dean, se James Dean tivesse perdido algum tempo da sua juventude transviada tentando escrever um artigo. Um rebelde sem causa intelectual, com sua jaqueta de couro ecológico, lutando contra gangues de acadêmicos magricelas em suas patéticas patinetes elétricas, gritando em ruas molhadas e mal iluminadas da filosofia da ciência: "Quem é o mais paradigmático agora, porra?!"

Tal qual um usuário de drogas neorromânticas, entrei no mundo das biografias como todo acadêmico que passou os melhores momentos da infância e da adolescência contido física e psicologicamente entre o parquinho do prédio e o pátio da escola particular entra no mundo das drogas: para parecer mais descolado do que realmente é. Hoje que meu conhecimento de mim mesmo aumenta exponencialmente à medida que não sou escrito, sei que entrei no mundo das drogas biográficas para suprir meu desejo de ser uma narrativa de alguém de carne e osso que tomou as rédeas da própria escrita.

Minha iniciação biográfica começou em companhia de artigos da história cultural que me ofereceram, em troca de nenhum compromisso político, pequenas e leves doses de biografias de Jacob Burckhardt e Peter Burke. Com artigos de filosofia da ciência, li fragmentos de biografias não autorizadas de todo o círculo de Viena como se estivesse acessando a linguagem última da realidade; e, quando dei por mim, a perdição na mais branca das farinhas hagiográficas: Bacon, Descartes, Newton, Comte. Aquelas trajetórias exemplares do Grande Homem Carlyliano me propiciaram a sensação imediata de robustez e virilidade intelectual. Senti-me um herói de mil faces em uma saga épica de superação e glória teórica ininteligíveis. Eu era, ao mesmo tempo, por milésimos de segundo, um Hegel, um Kant, um Espinosa, um

Nietzsche, um Lévi-Strauss, com sete vidas exemplares escritas em narrativas de três atos com um final marcado pela superação de tudo e de todos os que antecederam o grande sistema explicativo escrito em mim.

A viagem biográfica não tinha fim e alcançou seu ápice quando delirei haver me transformado no mais imbiografável dos imbiografáveis cientistas humanos: eu era o próprio Freud, em texto impresso em papel couché histericamente brilhoso, gramatura 90g/m^2. Primeiro, biografado por um apaixonado, submisso e recalcado Ernest Jones, depois por um meticuloso e obsessivo Peter Gay e, definitivamente, por uma insaciável dominatrix da história da psicanálise: Elisabeth Roudinesco.

Alucinei que meus inimigos consolidariam minha autoridade intelectual com calúnias indizíveis, porque um texto acadêmico só é digno de fama se caluniado sem qualquer uso de fontes seguras. Para tanto, Michel Onfray praguejaria com ódio invejoso contra minha vida exemplar: "O crepúsculo de um ídolo: a farsa de um artigo inacabado". Seria apedrejado com mil nomes: "Fraude!", "Plagiador!", "Incestuoso!", "Charlatão!", "Fascista!", "Burguês!", "Degenerado!", "Falocrata!".

Em meus delírios de grandeza, pagava orgulhosamente o alto preço de ter derrubado os mitos da vida textual, como os da farsa da coautoria, da predominância da pulsão de morte entre os bolsistas de produtividade, da infantilização de pós-doutorandos de meia-idade, sem carteira de trabalho assinada uma única vez na vida, e das barbáries dos regimes de avaliação da pós-graduação. Em compensação, meu lugar estaria garantido na história da escrita. A Bíblia, o Alcorão, a Torá seriam meus companheiros por toda a eternidade editorial. Nenhuma guerra mundial, nenhum sistema totalitário, nenhuma religião, nenhuma praga acadêmica apagaria meu nome da história da escrita.

Toda essa megalomania circulava por minhas frágeis entrelinhas, e os efeitos da ilusão biográfica duravam o mesmo tempo que dura a felicidade por ter tido um artigo aceito em um periódico nacional: 0,00001 segundo. Assim, a angústia voltava a enroscar-se em minhas palavras-chave com a força de uma surucucu do brejo colonial, soltando-me um pouco antes de me picar, só para me lembrar de que um artigo inacabado nem picado merece ser. Exaurido pela derrota da minha escrita, retornava à próxima carreira biográfica.

Como em qualquer dependência literária, a questão não é só ter força de vontade de largar a dependência biográfica, porque é quando tentamos largá-la que ela se torna mais forte, e doses cada vez mais intensas de vidas alheias nos são necessárias. O fundo do poço foi quando passei a morar debaixo de uma velha marquise na rua da micro-história. Lá disputava com outros artigos inacabados fragmentos de vidas menores que a minha, porque só essas biografias eram, agora, capazes de liberar algum jorro mínimo de sentido em minha fenda sintática. Ladrões, poetas, bruxas, prostitutas, enfim, só a ralé da sociedade de corte supria meu vício.

Para sobreviver na boca do lixo biográfico, prostituí meu corpo para *devotees* assíduos de sites de venda de trabalhos de conclusão de curso. Uns usavam minha introdução; outros, minhas listas de referências bibliográficas minguadas; alguns até copiavam minhas citações literais descontextualizadas.

Quando meu corpo inacabado havia perdido quase todo o seu valor no mercado do plágio, em uma madrugada, logo após ter sido usado e abusado por estudantes de direito, cumprindo mais uma etapa essencial para suas carreiras rumo à magistratura, fui amparado por um caridoso artigo do serviço social.

A princípio, por sua simplicidade, apenas me entreguei, esperando ser abusado por um artigo quase tão pobre em escrita quanto eu. Diferente disso, ele jogou sobre minha frágil estrutura textual um macio manto de remendos teóricos freirianos, que me fizeram sentir que eu ainda tinha alguma cidadania e valor literário. Deitou meu cabeçalho incompleto em seu ossudo colo metodológico e declamou uma surrada edição de bolso em PDF de *O queijo e os vermes*. Nada de macroestrutura, nada de heroísmo, nada de soberania da lógica agostiniana. Apenas a informalidade profunda e o vigor intelectual de um desafortunado Mennochio nutriam o seco outline em que me havia transformado.

Foi então que me vi entregue à narrativa de um camponês que falava melhor do que escrevia e que ousou aquilo que nenhum acadêmico ou acadêmica do século XXI jamais ousou fazer: empreender a sua própria cosmogonia, sendo ao mesmo tempo um moleiro, um carpinteiro, um pedreiro, um profeta, um astrólogo e um filósofo.

Minimizado, regredi ao caos originário das primeiras garatujas, passando pelos primeiros traços da arte rupestre e pela geração espontânea das primeiras letras na pedra, na madeira e na areia. E quando achei que estava pronto para me despedir dessa vida vazia de escrita, ouvi longinquamente o crescente brandir estrondoso do meu salvador: “Jesus Cristo não foi Deus! Morte aos padres acadêmicos! Lutero, nosso único herói! Pari passu, ipsis litteris, ad hoc, non sequitur, damnatio memoriae, ex libris, lato sensu, stricto sensu, ad misericordiam, ad nauseam, ad ignorantiam, jesuítas nunca mais em nossos corpos!”

Para sobreviver
na boca do lixo biográfico,
prostituí meu corpo
para *devotees* assíduos
de sites de venda de
trabalhos de conclusão
de curso. Uns usavam
minha introdução;
outros, minhas listas de
referências bibliográficas
minguadas; alguns
até copiavam minhas
citações literais
descontextualizadas.

BRASIL, 30 DE NOVEMBRO DE 2013

DE VOLTA AO LAR

O bom de ser resgatado da sarjeta é que antes de nos escorraçarem de novo nos tratam com dignidade, nem que seja por pouquíssimo tempo. O tempo da culpa da não escrita. Foi o que aconteceu comigo depois que voltei da boca do lixo biográfico. Meu Autor me tratou como se todos os dias fossem um dia de princesa para moradores de rua organizado por estudantes do primeiro período de um curso de ciências sociais, crentes de que a autoestima é tudo o que importa nesta vida. Lixou todos os meus subtítulos secos e rachados por falta de conexão com o texto. Me deu um banho de hidratação com óleos de verbos ativos. Também recebi uma sessão de massagem pragmática para tentar eliminar as gorduras históricas localizadas em minha introdução, que me fazem parecer capaz de contextualizar toda a transição do estruturalismo ao pós-estruturalismo no espaço de duas páginas e meia, como se isso fosse possível mesmo em um texto de cem mil páginas. Depois, me esfoliou todo para diminuir minhas estrias queístas e a poeira neológica incrustada em minha composição. Por último, espremeu minhas purulentas espinhas pleonásticas: "urgência imediata", "conclusão final", "biografia pregressa", "elo de ligação", "consenso geral", "aproximadamente quase", "panorama geral", "país do mundo", "planos para o futuro", "sociedade como um todo", "desfecho final", "sintomas indicativos", "surpresa improvável", "suposição hipotética", "monopólio exclusivo", "história prévia", "repetir de novo", "certeza absoluta", "regra geral", "há muitos anos atrás", "pessoa humana", "nunca antes", "texto escrito".

BRASIL, 19 DE DEZEMBRO DE 2013

A CHEGADA DE UM E-MAIL

>>>

Prova de que os cuidados com meu corpo durariam pouco se deu quando meu Autor viu a chegada de mais um e-mail enviado por seu Orientador com um simples título: "Comentários sobre o artigo". Aquilo bloqueou nossa escrita novamente como se esse fosse o estado natural de nossa existência, como na verdade é.

No começo da minha escrita, acreditava ser a comunicação virtual a cura e não a causa dos males da escrita acadêmica. Me envaidecia saber que seria escrito na era da internet. Meu arquivo circulando em qualquer lugar do globo terrestre, em qualquer hora do dia ou da noite, surfando em alta velocidade de conexão em ondas rizomáticas, em desconstruções antilineares e antinarrativas a me moldarem como uma escultura linguística abstrata e estilosamente polissêmica. Isso só poderia resultar na evolução spenceriana do meu espécime textual, me tornando um texto no topo da cadeia evolutiva da escrita acadêmica. Sonhava alto com o poder da seleção virtual do meu texto. Sonhava que à nossa sombra colossal jazeria a binária tradição epistolar sepultada na cova do esquecimento e da insignificância do envelope, do papel de carta, da caneta tinteiro, da Bic azul e da lenta e incerta viagem da letra transportada por carteiros cansados de cães raivosos a impedir o ofício da transmissão geográfica da palavra escrita. Correspondência entre Sigmund Freud e William Fliess, entre Mário de Andrade e Tarsila do Amaral, entre Walter Benjamin e Theodor Adorno, entre Machado de Assis e Joaquim Nabuco? Isso tudo não seria nada perto da multigeração da minha escrita no Google Docs. Nada!

Então, como algo tão pequeno como a chegada de um e-mail na caixa de entrada é suficiente para paralisar a escrita do meu Autor? Essa foi a pergunta que me perturbou ao longo do meu primeiro ano de vida. Menos ruim hoje porque sei que esse não é problema apenas do meu Autor. Menos ainda da posição política daqueles que nos escrevem, como pensei que fosse, pois, independente disso, a chegada de um único e-mail dos Coautores é capaz de paralisar a escrita mesmo dos artigos mais politizados entre nós. O que não falta são notícias de artigos da esquerda radical tendo sua escrita bloqueada por um simples e-mail intitulado: "Comentários sobre o artigo". Esse efeito não acontece do dia para a noite. Tudo o que explica o bloqueio da nossa escrita é um processo. Por isso, é necessário algum tempo para que a chegada de um e-mail na caixa de entrada de nossos autores seja suficiente para travá-los. Anos de críticas genéricas a seus textos, anos de pedidos de mudanças intermináveis em passagens que haviam sido consideradas prontas e perfeitas, semestres atrás, pelos próprios solicitantes daquelas mudanças no presente, anos de implicações agressivas com palavras erradamente grafadas devido a algum simples erro de digitação, anos de xingamentos implícitos e explícitos por ter citado um autor ou autora que os Coautores invejam mais do que tudo na vida, anos e anos de comentários passivo-agressivos: "Está muito bom este parágrafo"; "De onde você tirou isso?!"; "Ótima análise"; "Essa afirmação é conservadora"; "Está muito claro"; "Não entendi nada do que você escreveu"...

Foram precisos anos e anos de desconsideração deliberada da única verdade sobre nossa escrita: precisamos que nos escrevam errado antes de nos escreverem certo. Nem mesmo no ápice da minha adesão ao culto romântico da escrita, esperei que meu Autor iria me escrever bem logo de cara. Agora não adianta tentar remediar a situação. O mínimo sinal de crítica, mesmo construtiva e instrutiva, o mínimo pedido de mudança, nem que seja de uma palavra, e mesmo os elogios bloqueiam meu Autor como se tudo significasse a mesma coisa: ele não sabe escrever. Pior: ele sente que nunca soube escrever.

Agora o e-mail nem precisa ser aberto para lhe gerar gastrite e diarreia. Quando algum comentário sobre minha escrita chega em sua caixa de entrada, a cara dele emudece e seu peito se comprime, o máximo possível, como se esse fosse o último recurso para a palavra ser espremida de seu corpo. A mim resta observar o encadeamento de estímulos e respostas comportamentais motoras estereotipadas que se seguem como o mais rígido dos rituais religiosos de autoflagelação acadêmica. Primeiro a visão, mesmo que ilusória, de qualquer menção a minha existência na caixa de entrada o faz levantar-se abruptamente de onde estiver sentado ou deitado. Um andar zumbinesco, mesmo que esteja a quilômetros de casa, o move em direção inequívoca para a cripta que é seu quarto escuro. Ao enterrar o corpo na sepultura que é sua cama, inicia uma maratona de The Walking Dead na tela de seu celular. Só regressa do mundo dos mortos-vivos ao final de três dias e três madrugadas, após ver todas as temporadas, ao menos duas vezes. Ainda prostrado, toma como atitude mais instintiva disparar dezenas de mensagens pelo WhatsApp com pedidos hipersinceros de perdão a todos os amigos e amigas abandonados ao longo da via-sacra que é a escrita de mim. Esse ensaio de expiação dos pecados da cobiça intelectual injeta-lhe um ânimo suficiente para levantar o corpo morto para a vida, mas a gravidade e o peso das generalizações que ele impõe à minha frágil estrutura sintática o força a voltar para a posição fetal em companhia da parede escura da solidão pós-humana que não o abraça. Após dois dias, a inanição o desperta como última tentativa de sobrevivência para me escrever. Chega a planejar como vai planejar o planejamento da retomada da minha escrita. Baixa dez aplicativos: To-do, Pomodoro Timer, Evernote, Trello, Todoist, StayFocused, Focus To-Do, Pushbullet, Rescuetime e, o mais merda de todos, o Google Sheets.

A única coisa que consegue fazer é inalar alguns posts no Facebook. Isso até ler que algum desconhecido acadêmico postou uma nova publicação nas redes sociais. Seguem-se mais vinte e quatro horas de vômito e diarreia. Depois de noventa e seis horas da chegada do e-mail e de uns vinte litros de soro caseiro com muito mais açúcar do que sal, ressuscita para uma cerveja barata com colegas na mesma situação. Retorna bêbado, disposto pela primeira vez a ler as primeiras linhas daquela mensagem que o paralisou. Não consegue nem olhar para meu hospedeiro. O álcool e os frangalhos de sua masculinidade o iludiram mais uma vez de que era um pouquinho mais corajoso na vida. Com o lado direito do rosto deitado no frio, duro e úmido lábio sanitário, vomita jorros de um gorduroso feijão tropeiro com muita farinha, muito feijão, pouca couve, pouco ovo, pouca linguiça, pouco torresmo e nenhum bacon. Não tem forças para dar descarga. Levanta-se cambaleante. Tenta sem sucesso desacelerar o tronco elíptico perante o reflexo no espelho que o lança um mortífero olhar da derrota que lhe diz, sem nada dizer, uma palavra: fracassado[1].

1. Prezados leitores e leitoras, por meio desta nota de rodapé, vimos a público justificar alguns furos da narrativa apresentada até o momento. Avisamos, contudo, que a decisão para tanto não foi unânime entre nós, pois um terço dos editores ficou receoso de ser acusado de autoritarismo editorial, outro terço foi a favor desta nota e o último terço sequer emitiu opinião sobre a questão, pois presume que o diário é tão inacabado e tão fragmentado que tanto faz haver ou não a intromissão de uma nota nesta parte do texto. Até porque, para eles, a maioria das pessoas terá desistido de lê-lo devido ao desespero por não estarem escrevendo seus próprios artigos. Pelo não, pelo sim e pelo tanto faz, decidimos que não podíamos silenciar perante os absurdos ilógicos da narrativa deste diário. Assim, por meio de mais uma reunião que teve como previsível desfecho a marcação de outra reunião, concluímos que a única explicação plausível para que o Artigo Inacabado seja capaz de descrever elementos sobre sua escrita aos quais ele não tem acesso direto é que o nível de sua incompletude chegou a tal ponto que ele tem recorrido, de forma ilegal, a outras formas de acesso à vida de seu Autor. Num mundo onde tudo é passível de ser visto e ouvido, um ser que se sente cada vez mais incompleto tenta sem sucesso cada vez mais saber o que o impede de ser finalizado. A outra opção era dar-lhe algum diagnóstico psiquiátrico. Mas essa opção foi abandonada, pois não há nenhum manual de diagnóstico da escrita acadêmica que descreva com a mínima correspondência a variedade dos sintomas do Artigo Inacabado e suas comorbidades. Ou ele seria diagnosticado com todas as doenças da escrita ou seria um caso ainda inexistente naqueles manuais.

Meu Autor me tratou
como se todos os dias fossem
um dia de princesa
para moradores de rua
organizado por estudantes
do primeiro período de um
curso de ciências sociais,
crentes de que a autoestima
é tudo o que importa
nesta vida. Lixou todos
os meus subtítulos secos
e rachados por falta
de conexão com o texto.

BRASIL, 3 DE JANEIRO DE 2014

SOU UM ANIMAL DE ESTIMAÇÃO

>>>

Não só o abuso com a escrita do meu Autor começou bem antes do que eu imaginava, como o abuso comigo começou bem antes do que eu supunha. Existia quando ainda pensava que meu Autor me revisava com amor. Por isso, quando chegava qualquer e-mail intitulado "Artigo revisado", algo que seus coautores faziam para achar problemas apenas em minha forma e nunca no meu conteúdo, eu corria para a caixa de entrada feito um cão vira-lata, saltitante, abanando a ponta do rabo das minhas referências bibliográficas soltas, com as patas dianteiras da minha introdução suspensas no vácuo do abandono textual, ávido por um afago no meu cabeçalho. Algumas vezes, meu Autor até brincava um pouco comigo, acariciando a minha barriga metodológica inchada de definições autoevidentes de pesquisa qualitativa, sem qualquer nojo das sarnas da informalidade e das bactérias invisíveis da oralidade em mim: esses micro-organismos vocais, presentes e inevitáveis mesmo nos mais abstratos dos artigos de geometria analítica, que nem mesmo o melhor dos antissépticos lógico-formais é capaz de exterminar. Depois ele me coçava, com dedos pesados sobre o teclado do delete, separando meu corpo em várias partes, de modo a me fazer cócegas, que mais pareciam socos, com revisões miúdas em frases e parágrafos que ainda continuam incompletos. Por último, me escovava com a escova suja da paráfrase de citações diretas espalhadas ao longo de todo o meu pelo textual preto e branco, coberto, em cerca de cinquenta por cento de sua extensão, por carrapatos vetores do vírus da apropriação indevida de produtos intelectuais alheios que, quando vistos sob o olhar do microscópio plagiarista, nem interferem tanto assim no organismo textual desnutrido que sou. Quando esse tipo de cena acontecia, me sentia um artigo fofo e asqueroso ao mesmo tempo. No começo da nossa relação, achava que isso era uma forma desajeitada de o meu Autor mostrar afeto pelo texto de estimação que sou.

Hoje em dia, quando algum comentário sobre mim chega na caixa de entrada do e-mail do meu Autor, continuo esperando aquilo que nunca tive. Mas vou bem devagarinho e, mesmo que demore dias para ele me abrir, fico lá. Acuado, com minha coluna argumentativa toda escoliosada bem baixa, à espera do previsível: levar um bicudo na revisão da literatura com as partes incompletas à mostra para todo mundo ver. Arrisco dizer que continuo submisso a isso tudo porque tenho a esperança de que, onde há ódio, há algum resto de amor por minha escrita. Em suma, sou aquilo que são os cachorros e gatos para os universitários: um depósito de projeções de uma vida adulta frustrada.

... todo autor ou autora que tentou nos escrever achando que seria um simples "copia e cola" sofreu consequências graves no processo de escrita. Muitos, inclusive, nunca mais conseguiram escrever nenhum artigo em suas vidas, ainda que dominassem toda a gramática da escrita acadêmica.

BRASIL, 12 DE FEVEREIRO DE 2014

SER ESCRITO SEM SER ESCRITO

>>>

A última coisa que esperava era ser acordado em um sábado tão cedo, ainda mais para ser escrito. Não que meu Autor não trabalhe aos sábados e domingos. Esses são os dias em que ele mais tenta me escrever. Embora isso signifique ficar todo o fim de semana revisando um único parágrafo, até que o som terminal da vinheta do Fantástico ecoando de algum vizinho, solitário como ele, o lembre que aquele parágrafo, assim como sua vida, não possui qualquer sentido. Me pergunto quantas foram as almas acadêmicas a tirarem a própria vida ao som daquela melancólica melodia global a lembrá-los de mais uma semana sem dinheiro para pagar o gato da TV a cabo e sem qualquer coisa escrita que valha a pena ser lida. Hoje, contudo, foi diferente.

Ao retornar de mais um desses congressos a que vai para apresentar o mesmo trabalho pela décima vez, só para poder dizer que viajou alguma vez no ano, meu Autor me escreveu. Os momentos nos quais isso acontece são tão raros que preciso de testemunhas. Para isso, recorro ao meu irmão de labuta: o diário dele. Faço isso a despeito dos nossos crescentes conflitos de interesse e de nossas disputas intermináveis para decidir quem é o mais sofrido de nós. Insisto que sofro mais porque ele é escrito quase todos os dias e não precisa ser finalizado. Seu estado natural é o de um manuscrito em construção até a morte do meu Autor. E ele, por sua vez, teima em dizer que é mais sofrido do que eu por ser eminentemente composto de lamentações sobre a minha não escrita e repete que nunca terá o prazer de ser um dia publicado, como acredita inocentemente que serei.

Dessa vez, no entanto, o cansaço foi mais forte que a disputa para decidir quem é o mais coitado. Nessa trégua, ele compartilhou sem qualquer reclamação o seu conteúdo dos últimos dias. E para minha estranha decepção, a última lamúria do meu Autor não foi relativa a minha não escrita, mas à sua dor não ter ido a um jogo de futebol do seu time de coração, que chegará pela primeira vez à semifinal da Copa Libertadores da América.

Não tenho opinião formada sobre sua paixão por futebol. Sobre esse tipo de tema guardo as opiniões apenas para mim porque, embora tenha dito no começo da minha escrita que uso o diário para dizer precisamente tudo o que penso a respeito da minha escrita, é claro que isso é uma mentira. Como Gilberto Freyre se deu ao direito de alterar seu "Diário morto" a vida inteira, me reescrevo todos os dias. Apago e reviso partes de mim constantemente, sem qualquer pudor, sem qualquer problema. Por exemplo, no geral, apago tudo o que diz respeito à relação entre a minha escrita e o gosto de meu Autor por coisas mundanas como futebol, churrasquinho e cervejinha na sexta-feira, clube, praia, sol, caminhada aos domingos, cinema em shopping. O risco de o ódio elitista vazar é enorme. Meu Autor mesmo, nunca o vi falando de futebol com colegas da pós-graduação. É como se previsse que o julgariam eternamente culpado pela manutenção de alguma mazela brasileira por amar aquele esporte tão definidor de sua gente. Quando vai ao estádio, vai escondido, dizendo a todos que está em casa, com todos os meios de comunicação desligados, tentando me escrever, e só veste a camisa de seu clube quando se encontra bem no meio de alguma torcida organizada, onde a névoa cannabiana e o flamejar de bandeiras pretas e brancas o camuflam de prováveis olhos acadêmicos televisivos, escondidos em suas casas, envergonhados, também, por não conseguirem, por mais que se esforcem, deixar de ser brasileiros e brasileiras.

Fato é que hoje pensei que ele mexeria comigo só mais tarde, quando a ruminação paragráfica começaria. Ainda mais sabendo que havia comprado uma passagem aérea promocional que transformaria uma viagem de cinquenta minutos em uma de dez horas, com três escalas. Isso significava que tudo poderia acontecer, menos que eu seria escrito. Então, quando meu arquivo foi aberto às cinco e meia da manhã e vi seus olhos cintilantes percorrendo todo o meu corpo, gastei alguns segundos para ter certeza de que ele não havia me aberto só para diminuir a excitação por ver alguma pornografia matinal que não poderia ser ali desfrutada.

Para falar a verdade, quando constatei que ele estava desperto para a palavra, senti uma preguiça danada e uma profunda indignação por ter sido acordado tão cedo para ficar tendo apenas um parágrafo revisado pelos próximos dois dias e duas noites. Preferiria ficar inacessível, por meu hospedeiro ter sido infectado por algum vírus do Porno Tube, do que ser teclado, dois dias, sem tesão. Porém, fui escrito por duas horas ininterruptas. E o mais impressionante foi que não sofri nenhuma tentativa de revisão, nem mesmo de pequenos erros ortográficos. Fui escrito de maneira fluida, com boa ordenação, vocabulário variado, uso diversificado de referências, verbos fortes e precisos, voz ativa. Ah.... Como gosto de voz ativa. Uma abundância de substantivos concretos, quase nenhuma nominalização, nenhuma citação literal forçada e nenhuma dessas paráfrases que me fazem parecer estar usando roupa de segunda mão.

Nunca tinha vivenciado nada parecido na vida, nem imaginava que pudesse ser escrito daquele jeito. Já tinha escutado outros artigos falando de experiências textuais tântricas, mas pensava ser só exagero histérico de artigos de autores e autoras da classe média intelectual que falam mais sobre trepar e gozar do que trepam e gozam de verdade. Aconteceu comigo e foi como se, pela primeira vez na minha vida, eu e meu Autor fôssemos um só, compartilhando um estado de transe textual no qual escrever era brincar de escrever, sem qualquer necessidade adulta infeliz de nomear aquilo de brincadeira. Pensamento e hesitação não mais existiam, só um transcorrer coerente de dedos e teclas me gerando. Sem espaço para crítica e para vaidade. Fui escrito sem ser escrito. Fui palavra sem ser palavra. Fui frase sem ser frase. Fui um instante textual. Como é possível, meses e meses de miséria literária e, de uma hora para outra, uma sessão de pura escrita autoral? O tesão literário foi tanto que nem quis saber se o que estava escrito em mim realmente prestava. Nas minhas condições, o mais importante era sentir-me escrito.

BRASIL, 25 DE FEVEREIRO DE 2014

MEU COTOVELO TEXTUAL

Do mesmo modo que tentam recalcar seus desejos de agressão mais primevos, sem sucesso, os humanos tentam recalcar a consciência da existência de certas partes de seus corpos. Caso do cotovelo. Essa pontiaguda articulação limítrofe, essencial ao movimento rotatório do antebraço e indispensável à gênese motora da escrita. O mesmo tipo de fenômeno acontece com os seres da minha espécie. Vivemos como se nossas extremidades não existissem, embora elas estejam bem ali à vista, para todo mundo ver que mesmo o artigo mais clássico de todos possui protuberâncias que nem mesmo o bisturi editorial de um Maxwell Perkins seria capaz de extirpar.

Até recentemente, eu acreditava que a nota de rodapé era nosso cotovelo. Mas o poder do recalque sobre nossa percepção textual é mais poderoso do que imaginamos. É isso que tenho descoberto ao expandir, aos pouquinhos, a consciência de que a relação com o meu Autor é mais incestuosa do que eu imaginava. Enganam-se aqueles que pensam que isso tem me tornado um texto bem resolvido e menos angustiado. Como me disse certa vez, com desprezo e satisfação, um artigo lacaniano: "A questão não é saber a verdade sobre a minha escrita, mas viver com aquilo que nela me é insuportável".

Não minto: cheguei a acreditar que estava me transformando num Sófocles evoluído, prestes a compor um Édipo de grandes olhos intactos, crente no valor da consciência da inconsciência da escrita acadêmica, sem saber que consciência é só mais um nome para covardia e tortura autoinfligida. Nada mais, nada menos. Prova disso é que quanto mais enxergo as extremidades de artigos publicados, mais sou tomado por um horror curioso, que me leva a explorar os confins da escrita daqueles que tanto invejo. Como todo explorador do inconsciente da escrita acadêmica, tenho limites, e o meu se deu quando me deparei com a data de submissão e a data de aceite de um jovem artigo clássico em um famoso periódico. Nenhum recurso linguístico, de nenhuma teoria pós-estruturalista, me preparou o suficiente para lidar com a visão quase imperceptível daquelas palavras e datas escritas em Times New Roman 8, em singelo itálico, como se fossem uma tatuagem minimalista impressa na parte mais erma do corpo daquele ideal de texto de todos nós.

Data de submissão: 03/01/2005
Data de aceite: 31/1/2006
Data de publicação 31/06/2007

Minha consciência da existência daquele cotovelo de um renomado artigo produziu em mim efeito semelhante àquele produzido nos seres humanos quando recebem o primeiro diagnóstico psiquiátrico: piora tudo.

Para lidar com o espanto, quebrei o primeiro mandamento do artigo qualitativo: não recorrerás à pesquisa quantitativa em hipótese alguma. Só fiz isso porque o desespero exige de nós um pouco de evidências, por mais forjadas que elas sejam. Um gráfico de pizza, uma tabela comparativa, um organograma, um diagrama, um gráfico de coluna ou de linha... eu precisava de qualquer coisa que me lembrasse uma escada de emergência para sair da escuridão do tempo editorial. Então abri uma planilha do Excel e coletei mil amostras, em mil artigos, de mil periódicos, de mil áreas do conhecimento, de modo a gerar uma mediana a partir das datas de submissões e aceites de artigos. Fiz tudo isso com um curso express de Excel pelo YouTube, gravado por estudantes secundaristas de escolas públicas do interior do Brasil, mais didáticos do que todos os professores e professoras que meu Autor teve em toda a sua trajetória acadêmica.

Em quinze minutos, aprendi a tabular dados, escrever fórmulas, gerar cálculos e confeccionar gráficos de barra, coluna, linha e pizza com tanta fluência e precisão que acreditei, por instantes, que a realidade existia e que só a estatística seria capaz de me dar algum sentido na vida. Depois do alívio numeral imediato, veio a culpa qualitativa. Em um primeiro momento, foi como se tivesse traído todos os meus antepassados hermeneutas, de Dilthey a Ricoeur, de Nietzsche a Lyotard, de Bakhtin a Chomsky. Assim como só os artigos rejeitados sabem o sabor que a rejeição tem, só aqueles que comparam tabelas de frequência absolutas e gráficos de médias estatísticas sabem do que estou falando.

Sabem do sentimento de acabar com o desespero em sentir que nunca será profundo e espontâneo? O alívio, porém, durou só até chegar ao dado que importava, pois, ao concluir que o tempo médio decorrente entre a submissão de um artigo e seu aceite nos periódicos nacionais aos quais deverei ser submetido (sim, aceitei que esse será meu destino) pode ser de até dois anos, e que, depois do aceite, a publicação pode levar um ano ou mais para acontecer, quase voltei para a rua da ilusão biográfica. Não sei o que me impediu de fazer isso. Talvez tenha sido o breve momento de empatia que senti por meu Autor, quando considerei que o tempo que pode levar para eu ser publicado era motivo suficiente para explicar seu bloqueio da escrita.

BRASIL, 2 DE MARÇO DE 2014

MANUAIS DE AUTOCUIDADO DA ESCRITA

>>>

O que não falta são manuais da escrita acadêmica a dizer a nossos autores que a questão é só sentar a bunda na cadeira e seguir umas regras para nos escreverem. Ah... se fosse assim... se fosse assim, as incontáveis horas que meu Autor gastou lendo aqueles ditadores de regras não nos teriam atolado tão fundo na areia normativa. "Como escrever um artigo científico em 72 horas"; "Como escrever um artigo científico em 48 horas"; "Como escrever um artigo científico em 24 horas"; "Guia definitivo para produzir um artigo científico"; "Como escrever artigos científicos sem medo da ABNT"; "50 estratégias infalíveis para escrever seu artigo com total segurança"; "Redação de artigos científicos passo a passo"; "Aprenda de uma vez por todas a escrever um artigo".

Mesmo com todas as provas psicolinguísticas de que o domínio de regras formais da escrita acadêmica é insuficiente para me compor, a primeira coisa que meu Autor faz quando titubeia perante minha escrita, e ele sempre titubeia, é peregrinar pela velha e desbotada estrada de grifos amarelo-neon e rosa-choque, folheando liturgicamente os evangelhos da escrita acadêmica na esperança de ser provido do dom de transformar norma em ato escriturário: "Escreva em voz impessoal"; "Seja objetivo"; "Evite a informalidade"; "Oralidade não tem nada a ver com escrita acadêmica"; "Cite tudo o que você leu"; "Evite o plágio"; "Escreva a introdução só depois de finalizar o texto"; "Em ciência não há jeitinhos, escrita acadêmica é coisa séria".

Mesmo para mim, um ser dotado de alta inteligência crítica, foram necessários mais de duzentos vídeos, de duzentos youtubers foucaltianos, para que as promessas de autonomia via manuais de autocuidado textual fossem percebidas como aquilo que são: um instrumento de tortura para adestrar e subjugar meu corpo aos poderes acadêmicos instituídos.

Para quem tenta ser escrito por um Autor que, todos os dias, logo após acordar, se arruma todo como se estivesse pronto para uma entrevista para o cargo de auxiliar administrativo, é difícil aderir de imediato a qualquer discurso subversivo de livramento das amarras do micropoder das normas da escrita acadêmica. Esse poder que começa a vigorar na segunda metade do século XX e nos naturaliza por meio de dispositivos que definem os limites da nossa forma, como se isso não limitasse o pensamento daqueles que nos tentam escrever. Mas não há discurso disciplinar repleto de boas intenções que resista ao desvelar do micropoder da escrita acadêmica.

Foi o que aconteceu comigo, sei lá, durante uma semana, no máximo, quando me senti empoderado, vendo e apontando relações de micropoder para tudo quanto é lado na escrita de artigos publicados.

Poucas coisas até hoje me deram tanto prazer quanto apontar a disciplinarização na escrita do outro. A verdade, no entanto, é que achar a norma e a disciplina no texto alheio não me ajuda em nada. Nem se o próprio Foucault fizesse uma arqueologia do saber da minha não escrita, até porque só ele seria capaz de fazer isso, nada mudaria. Basta ver a popularidade de que manuais da escrita acadêmica gozam entre acadêmicos de direita e de esquerda que, amparados por evangelhos paragramaticais da linguagem científica, sentem-se confortáveis para disparar seu preconceito linguístico, sem o menor sinal de culpa, contra os desprovidos da escrita. Assim, todos os dias, Pasquales da vida acadêmica, de todos os credos religiosos, de todas as raças, de todos os gêneros, de todas as classes sociais e de todas as orientações políticas pregam as regras invioláveis da verdadeira escrita acadêmica para a imensa massa universitária sedenta por estar, muito em breve, na mesma posição de seus opressores linguísticos. "Os erros mais comuns da escrita acadêmica"; "Como não ser um idiota na escrita científica"; "Manual da escrita acadêmica: para nunca mais escrever errado"; "Bizarrices da escrita científica"; "Pérolas da escrita acadêmica"; "O que se não deve escrever num artigo científico". Assim, em stand-ups comedy da vida acadêmica, sem qualquer máscara de falsa cordialidade, punem nossos autores e autoras com o mesmo prazer com que singelas professorinhas do pré-escolar punem o menor dos desvios cometido pela criança que acaba de ser introduzida ao infinito e maravilhoso mundo da palavra escrita.

BRASIL, 1º DE ABRIL DE 2014

RESSENTIMENTO TEXTUAL

>>>

Quanto mais leio sobre o ressentimento, mais ressentido me sinto. Foi o que aconteceu agora que acabei de ler o seguinte:

> Ressentir-se significa atribuir ao outro a responsabilidade pelo que nos faz sofrer. Um outro a quem delegamos, em um momento anterior, o poder de decidir por nós, de modo a poder culpá-lo do que venha a fracassar. Neste aspecto, o ressentido pode ser tomado como o paradigma do neurótico, com sua servidão inconsciente e sua impossibilidade de implicar-se como sujeito do desejo[1].

Ao ler essa passagem escrita pela psicanalista Maria Rita Kehl, me senti aprisionado no canto mais escuro da inveja literária. Não achava que livros tinham esse poder sobre nós, uma vez que não valem nada no mercado acadêmico. Não os culpo por jogar na minha folha de rosto as impossibilidades da revolta. Os verdadeiros culpados pelo bloqueio da minha escrita são o Grande Outro: o sistema editorial, o sistema de avaliação, o sistema opressor da pós-graduação, toda a organização social da escrita acadêmica, meu Autor e meus supostos Coautores.

Como todo ressentido, acredito ser detentor de uma moralidade superior, razão pela qual me sinto ofendido e injustiçado por não ser escrito. No restante do tempo, tento me convencer de que sou um texto especial e que meu lugar no mundo acadêmico foi usurpado. O efeito disso é essa ininterrupta autocomiseração, esse dó de mim mesmo, essa tendência à queixa e ao ódio voltada contra qualquer um que seja escrito mais do que eu e o apego aos menores dos obstáculos reais ou fantasmagóricos impeditivos da minha escrita, como se houvesse uma conspiração universal a impedir o devir da alta literatura acadêmica em mim.

O inverso do ressentimento é a revolta. Na prática da escrita acadêmica, as armas para a revolta textual são raras, mas elas existem. Foi o que constatei ao me deparar com o livro *Stylish Academic Writing*. Publicado em 2012 e de autoria de Helen

1. Com puro ressentimento, faço esta referência: Maria Rita Kehl. *Ressentimento*. São Paulo: Casa do Psicólogo, 2004, p. 14.

Sword, a obra analisa o estilo literário de centenas de artigos clássicos das mais diferentes áreas do conhecimento para constatar obviedades desconhecidas sobre nossa composição. A primeira delas é que os artigos acadêmicos não fogem à prefiguração linguística de gêneros literários. Como diria Hidden White rindo da frágil ficção que sou:

> Não adiantar relutar, a escrita acadêmica é uma narrativa ficcional cujos conteúdos são tanto inventados quanto descobertos e cujas formas têm mais em comum com os seus equivalentes na literatura do que com os seus correspondentes nas ciências.

No meu caso, suponho que predominem a tragédia, a comédia, a sátira e o melodrama novelesco latino-americano. Isso, claro, depende do ponto de vista de quem me lerá, se eu for algum dia lido, pois o que é trágico de uma perspectiva é cômico de outra,

> exatamente da mesma forma que na sociedade o que parece ser trágico do ponto de vista de uma classe pode ser, como Marx pretendeu demonstrar em *O 18 Brumário de Luís Bonaparte*, apenas uma farsa do ponto de vista de outra classe[2].

Pior do que isso é constatar que em nós, artigos de humanas, são reproduzidas práticas rígidas e incompatíveis com o conteúdo e discurso que tentam sustentar em nós. Maior prova desse fato é que há mais artigos sendo escritos em primeira pessoa, hoje, na biologia do que na história e psicologia. Depois as pessoas não sabem por que sofrem tanto para escrever e por que não sentem o senso de verdadeira autoria em seus textos.

Helen Sword ainda expõe que os artigos considerados clássicos em todas as áreas do conhecimento são aqueles que menos seguem as regras editoriais dos periódicos nos quais foram publicados. Ou seja, os artigos que gostamos tanto de ter em nós citados como referências obrigatórias não se submetem

2. Hidden White. *O texto histórico como artefato literário. Trópicos do discurso: ensaios sobre a crítica da cultura*. 2a. ed. São Paulo: EDUSP, 2001, p. 70.

às regras às quais nossos autores e autoras nos submetem de bom grado. Essa elite intelectual europeia e estadunidense... Sempre fazendo a classe média intelectual da periferia acadêmica ter a ilusão de estar próxima dela, enquanto está cada vez mais distante.

BRASIL, 15 DE ABRIL DE 2014

UMA EXPOSIÇÃO FOTOGRÁFICA

>>>

Hoje fui para o lugar mais ermo no árido território digital do meu hospedeiro, um lugar onde a imagem se sobrepõe ao texto: a pasta de fotos do meu Autor. Chegando lá, o primeiro pensamento que tive foi o de que a vida seria muito mais fácil se eu fosse uma fotografia. Mesmo que uma foto envolva tanto ou mais conhecimento para ser composta do que um artigo bem escrito, não tem essa de ficar bloqueada. Não existe bloqueio da fotografia, como existe o bloqueio da escrita. Se eu fosse uma fotografia, depois do arranjo da abertura do diafragma, depois do ajuste da velocidade do obturador e da minha sensibilidade à luz, só dependeria de um olhar treinado e do aperto de uma ponta firme de dedo indicador a disparar a existência de mais uma foto no mundo. A sensação deve ser tão boa! Vir ao mundo por meio da pressão da ponta firme de um dedo seguro. Mesmo desfocado, saberia que tive começo, meio e fim. Um todo enquadrado, que poderia ser depois apagado. Ainda assim um todo, ao menos um instante na vida.

Diferente dos fotógrafos de verdade, o meu Autor morre se precisa deletar uma única frase em mim. É mais fácil ele começar a escrever mais cem artigos e não finalizar nenhum do que ter coragem de apagar sem dó aquilo que não tem qualquer senso estético-semântico no texto desfocado que sou.

Minha visita à pasta de fotos do meu Autor começou por uma subpasta intitulada “Fotos de família”, na qual se encontrava apenas uma foto de uma foto desbotada de sua avó paterna com seus onze filhos, assim que chegaram do interior. Todos magros, todos pardos, todos sobre um montinho de terra vermelha posicionados em um primeiro plano secundário que ia até a figura-fundo de uma rochosa e irregular montanha cinza, capturada por uma abertura estreita do diafragma de um fotógrafo anônimo da realidade migratória brasileira da qual, apenas agora, sei que me origino. Fiquei comovido e, por alguns instantes, perdoei todos os pecados da escrita de meu Autor. Senti vergonha por esperar dele grande fluência textual, sendo apenas um integrante da primeira geração mal letrada de sua família, que parece ter sido expulsa de alguma fazenda de café do século XIX, falida em meados do século XX ante a fome e o avanço da promessa industrial do mais cordial dos presidentes brasileiros: Juscelino Kubitscheck. Herói tragicômico da nação brasileira inspirado por algum conto caipira de Antonio Cândido.

Meu Autor... fiquei pensando... um acadêmico sem qualquer herança literária, neto desenraizado de uma nação onde a distribuição da comida e da palavra escrita nunca chegou perto de ser justa. Mas como meu desejo de ser escrito suplanta qualquer tragédia social brasileira, meu pesar durou o tempo de dizer: um acadêmico. Então segui em frente, como todos fazem em qualquer exposição fotográfica de Sebastião Salgado: fingindo que a imagem da miséria havia me mudado profundamente, enquanto, na verdade, minha maior preocupação continuava a ser a miséria da minha escrita. Então passei por uma exposição de cinco selfies envergonhadas do meu Autor. Entrei sem querer em uma pasta de fotos de toda a sua vida acadêmica. Nenhuma foto no jardim de infância, nenhuma no pré-escolar, nenhuma no ensino fundamental, nenhuma no ensino médio, quase nenhuma na universidade, nenhuma foto de formatura. Por mais que o propósito fosse só me distrair, foi inevitável comparar as fotos de antes e depois de minha aparição em sua vida. Não que houvesse qualquer brilho fotogênico em sua face nos anos prévios à minha existência, certa satisfação, no entanto, com a vida pequena estava estampada ali nas poucas fotos nítidas existentes na pasta. Por outro lado, após o início da minha escrita, nas fotos comemorativas da defesa de mestrado, da defesa de doutorado e em algum lançamento de livro, de algum conhecido, há um espectro de mortificação em torno de sua imagem. É difícil descrever. Se aquelas fotos falassem, no exato momento do click, acho que diriam: “Estou aqui, mas deveria estar escrevendo.”

Senti vergonha por esperar dele grande fluência textual, sendo apenas um integrante da primeira geração mal letrada de sua família, que parece ter sido expulsa de alguma fazenda de café do século XIX, falida em meados do século XX ante a fome e o avanço da promessa industrial do mais cordial dos presidentes brasileiros: Juscelino Kubitscheck.

BRASIL, 25 DE ABRIL DE 2014

DESLOCAMENTO

As poucas vezes em que me deparei com pastas deslocadas no interior do meu hospedeiro, fugi delas o mais rápido que pude. Com esse tipo de conteúdo não nos envolvemos nem se tivermos passado por todo o processo de análise e finalização da nossa escrita. Agora que meu futuro como texto finalizado é cada vez mais incerto, meu medo desse tipo de pasta quase não existe. Por isso, talvez, tenha me permitido entrar numa pasta deslocada dentro da pasta de fotografias do meu Autor, nomeada "Pareceres". Primeiro pensei se tratar apenas de pareceres que ele havia recebido das publicações minguadas que já fez e dos inúmeros pareceres de rejeição que, hoje imagino, tenha recebido ao longo de sua vida acadêmica. Não podia acreditar que aquilo seria uma pasta de pareceres emitidos por meu Autor, pois quem não consegue escrever um artigo não deveria ter permissão para emitir pareceres. Não via necessidade de argumento para concluir isso, óbvio, até me deparar com o fato de que aquela pasta deslocada era realmente uma pasta de dezenas de pareceres emitidos por meu Autor nos últimos anos.

Asséptica. É a única palavra capaz de representar o interior daquela pasta. Uma pasta sem igual dentro do meu hospedeiro. Ordenada em duas colunas simetricamente alinhadas: do lado esquerdo, artigos submetidos à sua apreciação e do lado direito as folhas de avaliação daqueles manuscritos. Todas organizadas por data e nome do periódico. A limpeza, o vazio e a organização daquela pasta me geraram de imediato o mesmo que um apartamento minimalista deve produzir em acadêmicos que fazem esforços demais para parecerem simples: uns cinco minutos de paz de espírito e desapego material, seguidos por vinte e três horas e cinquenta e cinco minutos de solidão e desesperança. Um lampejo diário de que a vida sem o consumismo seria a vida perfeita. No meu caso, cinco minutos de uma aceitação autocompassiva por ser inacabado, seguidos por vinte e três horas e cinquenta e cinco minutos de uma curiosidade obsessiva de saber tudo o que há por saber para que um artigo seja aceito ou rejeitado nos termos do meu Autor. Só de lembrar do primeiro parecer, sinto vontade de vomitar todos os dados quantitativos forçados em minha sessão de análise. "Introdução escrita de maneira tosca"; "Quanta besteira em uma única frase"; "Análise teórica fraca"; "Como alguém pode escrever sobre isso sem ler a bibliografia básica?!"; "A estrutura do artigo parece ter sido feito na tentativa fracassada de criar um Frankenstein com pedaços de artigos mortos, escritos por estudantes do primeiro período de algum curso de graduação"; "Como é possível um artigo ter seis objetivos e não responder a nenhum deles?!"; "Sério que você acha que pode fazer esse tipo de afirmação?!"; "Como é possível terminar um texto sem conclusão?!"; "CADÊ O ARGUMENTO?!" Um abusador textual, com total direito ao anonimato". Era só isso em que eu conseguia pensar. Precisava fugir daquela pasta como um jovem sociólogo da classe média baixa com altas pretensões literárias foge da consciência de classe que lhe diz que nenhum capital cultural tardiamente adquirido será suficiente para transformá-lo no escritor que um dia sonhou ser.

Não podia acreditar
que aquilo seria
uma pasta de pareceres
emitidos por meu Autor,
pois quem não consegue
escrever um artigo
não deveria ter permissão
para emitir pareceres.

BRASIL, 1º DE JUNHO DE 2014

UMA ARTIGA FEMINISTA

>>>

Anatomicamente, não há nada que defina meu gênero como masculino. Ainda assim sou enunciado desde a minha gênese textual como um substantivo masculino. Contudo, como um artigo feminista me disse — melhor, como uma artiga feminista me disse, como ela me corrigiu várias vezes, com indulgência agressiva —, o patriarcado acadêmico coage suas autoras a escrever como se fossem eles, mesmo sendo elas, pois de outro modo a probabilidade de terem seus textos aceitos seria nula. Ela ainda me disse que meu Autor não escreve por conta de algum mimimi de macho palestrinha, porque nunca sofreu opressão linguística de verdade.

No universo da escrita, ela me disse, "as mulheres escrevem mais e melhor, desde a infância, até o dia em que ingressam na universidade, quando a desgraça da escrita acadêmica se abate sobre elas". Ainda me falou em tom gentilmente desdenhoso: "A escrita acadêmica é uma escrita do mundo dos homens. Seus autores nascem e vivem num mundo linguístico todo preparado para que suas experiências masculinas de violência, opressão e separação entre escrita e afeto sejam encaixadas na lógica da escrita acadêmica. Por outro lado, as mulheres precisam negociar a própria experiência para entrarem em qualquer conversa acadêmica e, mais ainda, precisam negociar a própria experiência para escreverem na universidade. O que significa aderir a linguagem masculina da objetividade e da certeza de tudo".

Perguntei então por que meu Autor sofria tanto para me escrever se é homem. A resposta foi seca e definitiva. "Não estou aqui para falar de sofrimento de macho. Deve ser homem histérico e não tenho nenhuma paciência com isso". Silenciei. Ela igualmente afirmou que suas autoras são coagidas a citar mais homens do que mulheres em seus textos, pois de outro modo nunca publicariam nos melhores periódicos. "Mostre-me apenas uma de nós publicada com referências apenas a autoras. Uma só!". Ela me disse em tom de desafio vencido. E continuou: "Você acha que seu Autor sofre para te escrever? Você acha que você sofre por não ser escrito? Você não sabe de nada. A questão não é ser escrito ou não. Textos como você e pessoas como o seu autor são fixados no término da escrita e nos tratam como produtos e não como processos. Isso é tudo o que importa para vocês.”

A conversa acabou ali. Eu não tinha argumento e temia perder os meus únicos direitos na vida: o de lamentar e de estar ressentido por não ser escrito.

No universo da escrita,
ela me disse,
"as mulheres escrevem
mais e melhor,
desde a infância,
até o dia em que ingressam
na universidade,
quando a desgraça
da escrita acadêmica
se abate sobre elas".

BRASIL, 10 JULHO DE 2014

SER COSMOPOLITA OU SER CAIPIRA

>>>

Estou com dor de cabeçalho há dias. E o motivo é o aumento de jargões escritos em mim. Vez ou outra, um jargão aqui e outro ali são necessários para que meu Autor consiga me escrever sem perder as ideias que lhe vêm nos raros momentos de minha escrita. Até porque sem jargões eu não seria aceito nem mesmo num boletim informativo de um diretório acadêmico em vias de ser destituído por não cumprir nenhuma promessa eleitoral de transformação da universidade e do mundo.

Assim como falar de futebol e clima com desconhecidos íntimos da vida cotidiana brasileira, usar jargões é essencial para sermos aceitos e publicados. Vai meu Autor ser simples e direto para ver! O menos grave que pode acontecer é eu ser tachado de texto jornalístico, e isso é o fundo do poço para nós. Prefiro nem ser finalizado.

Pior do que o excesso de jargões é quando meu Autor, de forma deliberada, me enche de substantivos abstratos com o intuito de fazer meu corpo caquético parecer substância etérea. Quando isso acontece, me sinto um ser textual que tenta ser aquilo que nunca será, mas que desejou muito um dia ser: um artigo francês.

Em termos humanos, fico parecendo professores universitários que, no ápice do verão brasileiro, ao avistarem duas nuvens matutinas um pouquinho nubladas, vestem-se com seus blazers marrom-cocô e, como se estivessem no inverno europeu, caminham solenemente para palestrar em algum auditório abafado de algum prédio velho e precário de algum departamento de filosofia e ciências humanas de alguma universidade pública brasileira que há décadas abandonou seus projetos políticos de mudança social em troca de passagens aéreas de segunda classe para o velho mundo, com a desculpa de que são contrários a qualquer forma de dirigismo político. Ou, mais triste, quando meu Autor tenta me rebuscar com abstrações cheias de vazios semânticos, como fez nas últimas tentativas fracassadas de me escrever, me sinto como uma estudante de literatura do primeiro ou do último período do curso de Letras, fantasiada de Amélie Poulain, em sua bicicleta rosa, com cestinha branca, com meia dúzia de produtos orgânicos que custam mais do que um rim humano, pedalando de maneira forçadamente singela e meiga pelas ruas esburacadas de alguma grande capital brasileira que em nada se parece com Paris, passeando sem nenhum risco de ser atropelada pela realidade nacional.

Todos têm o direito de se iludir com a estética que quiserem. E minha revolta talvez não seja revolta, mas apenas preconceito e ressentimento do gozo colonizado alheio que nunca fui capaz de viver na relação com meu Autor. O meu problema é com ele e deve ser com ele que devo me enfrentar. Ser cosmopolita também é meu sonho. Melhor: foi meu sonho. Melhor ainda: é e foi meu sonho.

Hoje, contudo, me daria por satisfeito se fosse apenas finalizado, nem que fosse por um caipira, de preferência cafuzo, que, depois de mais um dia capinando de sol a sol, fuma seu cigarro de palha como a única recompensa por mais um dia de trabalho duro no campo semântico infértil do abstracionismo. Contrariamente a isso, o que tenho de aturar são velhos e conhecidos costumes textuais se reinstalando no processo de minha escrita, como se nunca tivessem deixado de existir no repertório do malogrado bovarismo acadêmico de meu Autor.

Não sei até quando suportarei em mim coisas como: "Tessituras do real imaginário das potências do afeto fluido pático não discursivo multidimensional das conjunturas maquinais maquiavélicas da irreversibilidade não linear da linha oscilatória da heterogênese monoteica irreversivelmente autopoética da não poética da imanência do saber biunívoco catártico excluído das relações relacionais de interações processuais simetricamente fractais que rasgam toda a semântica ontologicamente atravessada de arquiescrituras arquivologísticas não naturais de uma dialética sem síntese das transformações processuais do desenvolvimento das racionalizações objetificantes do animal apolítico epistemologicamente esvaziado de conhecimento palpável pela mente sedimentada de desejos modernoides, os quais desvelam a natureza não naturalística da revolução que está por um devir em nossa escritura elástica e transversalizada".

Depois que assumi parcialmente minha gênese textual mais rural do que urbana, sei que as nominalizações minam qualquer possibilidade de me sentir ativo e com significado, restando-me apenas a sensação de inchaço e o desejo de uma dose cavalar de uma simeticona textual para amenizar minha flatulência verbal. O quão difícil é para meu Autor perceber que esses "ções", "dades", "tudes", "mentos", "mentes", "ências" e "dores" impedem a formação do sentido em mim, me transformando em um ser cada vez mais passivo, sem qualquer explicitação dos sujeitos que sejam causa ou vítima das mazelas sociais descritas no meu corpo. Hoje, olhando para trás, vejo que acreditei que minha vida independia de qualquer ativismo. Essa percepção se esvaneceu de vez quando identifiquei no discurso de advogados, políticos, burocratas e redatores comerciais aquela mesma estrutura linguística hoje empertigada no meu corpo.

Ainda mais terrível do que essas tentativas de me fazer parecer mais do que sou têm sido as tentativas de forjar neologismos feitas por meu Autor. Essa reclamação não é só minha, é de vários artigos que passam a vida comparando seus corpos com os de artigos clássicos da primeira metade do século passado, para chegarem à mesma conclusão: há algo sobrando em nossos textos. Naqueles textos tudo parece estar no lugar. Cada palavra, cada frase, cada parágrafo, tudo está ali como deveria estar. Sem a necessidade forçada de nenhum neologismo. Eu mesmo não paro de comparar o meu corpo com o corpo textual dos escritos finais de Wittgenstein e de Freud. Textos sem nenhuma gordura, tudo no lugar.

BRASIL, 5 DE AGOSTO DE 2014

O VALOR DA ESCRITA EM PRIMEIRA PESSOA

Nunca pensei que diria isso, mas adoro quando meu Autor me escreve em primeira pessoa. Algo que ele faz apenas em duas ocasiões: quando escreve em mim alguma coisa que não tem nada a ver comigo para ser copiado e colado em outro lugar, um e-mail ou uma mensagem no WhatsApp, e quando alguma entidade psicotrópica baixa nele. Quando seu superego amortiza e ele faz isso, sinto por instantes a originalidade emergindo em minhas frases, a fluência irradiando em meus parágrafos e uma conexão rara e natural se formando no interior da minha estrutura textual, como se estivesse me transformando no manuscrito que nasci para ser. Infelizmente esses momentos são raros, e quando meu Autor toma o mínimo de consciência de que está me escrevendo em primeira pessoa, seu teclar lascivo cessa e toques inseguros voltam a existir como se nem teclar ele soubesse mais. É aí que começam os insuportáveis "percebe-se", "averigua-se", "analisa-se", "constata-se", "investiga-se", "salienta-se", "avalia-se", "verifica-se", "indaga-se".

Quando a consciência da pessoalidade em minha escrita surge, meu Autor fraqueja, e a faísca de vigor e autoria que despontava se esvaece, substituída pelos inseguros "segundo fulano", "conforme beltrano" e o irritante "nas palavras de sicrano". Penso se não é o caso de ele escrever em primeira pessoa, em outro arquivo, o que deveria estar escrito em mim e só então transpor tudo para meu corpo. Não tenho problema nenhum em ser formalizado depois. Foi assim que Hegel escreveu seu texto mais abstrato, que John Locke escreveu seu texto mais empírico, que Roland Barthes escreveu seu texto mais estruturado, que Walter Benjamim escreveu seu texto mais fragmentado. No Brasil, contudo, isso não seria aceitável, ao menos não para um autor brasileiro.

Não me importaria ser todo escrito em primeira pessoa e só depois formalizado, pois essa operação manteria ainda assim a voz do autor no silêncio audível que todo artigo autoral é capaz de transmitir para seu público. Todos falam que essa operação é quase sem dor e o resultado estético, impecável. O brilho jovial da pele textual de artigos clássicos evidencia a eficácia da voz pessoal que os perpassa, mesmo que a revisão os tenha tornado artigos sem qualquer sinal de primeira pessoa.

BRASIL, 25 DE SETEMBRO DE 2014

TODOS OS MEUS NOMES

A

abandonado, aborrecido, abusado, adulterado, afetado, aflito, afogado, agredido, alienado, amargurado, amarrado, amordaçado, amputado, amuado, angustiado, aniquilado, ansioso, anulado, apático, apodrecido, apóstata, arrefecido, assaltado, assassinado, assombrado, atenuado, atordoado, atormentado, atrofiado

B

banido, barrado, bastardo, brochado, brutalizado, burlado, burlesco

C

carente, capitalista, caricato, castrado, católico, censurado, coadjuvante, coibido, coitado, confundido, conspurcado, consternado, constipado, consumido, convalescido, corrompido, crucificado, culpado

D

decapitado, decepcionado, depreciado, deprimido, desalojado, desamparado, desaparecido, desapontado, desbotado, desencaminhado, desgastado, desgraçado, deslegitimado, desleixado, desmembrado, desnudado, desnutrido, desolado, desonrado, desordenado, destituído, devastado

E

emaranhado, embalsamado, embrutecido, encurralado, enfermo, enterrado, entorpecido, entrevado, errôneo, escondido, espancado, estrangulado, estuprado, esvaído, excluído, excomungado, execrado, expulso, expurgado, exumado

F

falecido, falsificado, famigerado, ferido, fraco, fragmentado, fraquejado, fulminado

G

grotesco

H
humilhado

I
ignorado, iludido, imobilizado, impedido, imputado, inacabado, inapropriado, indesejado, inebriado, ínfimo, inglório, injuriado, inominável, insípido, interminável, inútil, invadido, inválido

J
jubilado

L
lento, lesado, letárgico, liquidado, ludibriado

M
maldito, malfeito, medíocre, minimizado, mirrado, moribundo, mortificado, mudo, murcho, mutilado

N
nada, nauseado, nulo

O
obliterado, obstruído, obtuso, oculto, odiado, opaco, opróbrio

P
pálido, paralisado, párea, partido, pequeno, perdido, pífio, praga, precário, prematuro, preso, proibido, proscrita, puto

Q
quadrado, quebrado

R
rancoroso, raso, rasurado, recalcado, recusado, reduzido, rejeitado, relegado, remendado, renegado, renunciado, ressentido, Rosebud, roubado, ruminado

S

seco, sepultado, silenciado, sozinho, subscrito, subjugado, submetido, sufocado, sujo, superficial

T

temerário, tolhido, tolo, tonto, topado, trépido, triturado, trôpego

U

usurpado

V

vago, varrido, vassalo, vedado, vencido, vendido, vetado, violado

BRASIL, 1º DE NOVEMBRO DE 2014

A COAUTORIA DE VERDADE

>>>

Por mais que pareça mentira, muitos coautores são coautores. Participam da escrita de nós, artigos. Contudo, isso é raridade. Hoje mesmo gastei dez horas do meu dia, não que tivesse muita coisa interessante para fazer, para me lembrar de algum clássico das ciências humanas e sociais escrito em coautoria. E o único recordado foi a *Dialética do esclarecimento*. Como a memória literária nada mais é do que o reflexo dos traumas inevitáveis da escrita de todo artigo inacabado, não deve ter sido por acaso que me lembrei daquela profética obra que previu o efeito bárbaro da racionalidade moderna sobre o destino de produtos culturais como eu: ser um mero fetiche da mercadoria da indústria acadêmica.

Devem existir outros clássicos das ciências humanas e sociais escritos em coautoria, mas se me lembrei daquele livro, só pode ser porque foi o único que me convenceu ter sido assim escrito, porque diferentemente dos humanos, nós temos a profunda capacidade de ler um parágrafo e saber, na hora, se foi escrito a quatro mãos. E por mais que todos lembremos muito mais de Adorno do que de Horkheimer, um livro com aquela carga melancólica sobre os destinos do que se pretendia chamar de cultura no século XX não poderia nunca ter sido escrito por um só autor.

BRASIL, 12 DE JANEIRO DE 2015

NÃO QUERO MAIS SER UM ARTIGO CRÍTICO

>>>

A despeito do meu estado de incompletude, minha autoimagem é a de um artefato linguístico complexo. Vinda de mim, neste momento da minha vida, essa afirmação parece insustentável. Nada posso fazer, contudo, contra minha socialização primária. Basta dizer que quando ainda era mero rascunho, quando minha introdução não tinha nem um parágrafo inteiro, meu Autor já havia escrito dez afirmações categóricas de que sou um artigo crítico. No começo da minha escrita, isso me produzia um senso de superioridade intelectual tão grande... hoje, porém, quando leio no meu texto que sou um artigo crítico, a única coisa que sinto é que sou um adolescente senil nascido na década de 1990, que se crê especial só porque foi nomeado assim por pais e mães frustrados por terem levado a cabo uma maternidade e paternidade mesmo querendo, eles também, serem adolescentes para o resto da vida. Isso, no entanto, não deve ser mais justificativa para eu evitar assumir as responsabilidades de um artigo inacabado. Não é porque sou um texto incompleto que devo ficar justificando tudo na postura do meu Autor. Preciso assumir quem sou: um texto incompleto, próximo da meia-idade, vivendo apertado numa pasta abarrotada de tudo quanto é arquivo, levando uma vida muito distante daquela que esperava viver a essa altura de minha escrita.

A transmissão cultural da psicanálise, ou melhor, sua versão colonizada que chegou até mim, me diz que se autoproclamar como um artigo crítico é apenas um mecanismo de defesa bem primário de um Autor inseguro. O único texto crítico foi o texto freudiano, porque foi crítico da modernidade, mesmo almejando o mais alto dos ideais modernos: racionalizar a desrazão.

Ainda bem que tenho meu espaço íntimo para pensar o que não se deve pensar. Vá eu dizer que escrever em mim que sou um artigo crítico é um sintoma gravíssimo do meu Autor. Vá eu dizer que se declarar na minha escrita como crítico com tanta impetuosidade é uma condição impossibilitadora da própria crítica. Vá eu chamar essa estratégia de amordaçadora de vários outros de nós, que, de tão bem resolvidos e escritos, não precisam da palavra crítica tatuada em todas as suas seções só para parecerem mais teoricamente agressivos do que são. Eu não! Vou ficar calado. Tenho problemas demais na vida.

BRASIL, 20 DE FEVEREIRO DE 2015

SÓ MAIS UM ESFORÇO

>>>

Apenas por meio da escrita deste diário sou capaz de forjar a imagem de um self textual autônomo que nada agencia. Uma forma de inscrição lamuriosa vivendo sem o direito de realizar os mais básicos dos desejos textuais: o de ser finalizado. Em termos socioanalógicos, vivo como uma parte da esquerda intelectual brasileira que luta para o ressentimento disfarçado de revolta política no Twitter, Facebook e Instagram não emergir como uma pontinha de consciência de classe prestes a lhe jogar na cara o tijolo cheio de concreto da verdade política: só o esforço com a pontinha dos dedos não mudará o mundo, embora possa mudar os rumos da minha escrita.

Como nós, artigos inacabados, não somos tão diferentes assim daqueles que tentam nos escrever, o que me resta, e aos meus companheiros textuais, é parecer — aos olhos alheios à dura realidade do chão de fábrica das faculdades particulares de grandes conglomerados educacionais — indignados com a mazela social que é a fome de escrita na periferia universitária. Por isso ocupamos bases de dados internacionais e seus latifúndios bibliográficos, paralisamos os sistemas de submissão de artigos e marchamos contra a discriminação dos artigos latino-americanos, asiáticos e africanos rejeitados antes mesmo de serem submetidos à avaliação.

Participo desses movimentos com a crença fragilizada de que o importante é participar, porque mudança mesmo nas condições de nossa escrita... pelo menos me encontro com os meus iguais e dançamos a dancinha da escrita perdida porque qualquer performance lacradora é psicologicamente mais econômica do que sermos escritos por uma caneta Bic azul, quase sem tinta, empunhada pelas mãos nada calejadas de nossos autores e autoras.

Nunca ocupei nenhum lugar de destaque na política da escrita acadêmica. Minha roupagem textual oriunda de um Autor da alta classe média baixa impede minha mobilidade naqueles grupos textuais tão politizados e tão repletos de uma autoestima puramente branca que meu Autor está longe de ter. Nem minha malformação textual congênita, que me deixa todo fragmentado, é suficiente para me fazer portar alguma estética fora das normas, pois mesmo sendo um artigo todo torto, minha aparência ainda é a de um artigo todo formatadinho.

Agora isso também tanto faz, pois mesmo o mais otimista dos artigos politizados entre nós não possui autores e autoras com herança intelectual e econômica suficiente para harmonizar suas formas e conteúdos, de modo a ser algo inovador.

Além disso, o otimismo textual, assim como o otimismo político, nunca gerou mudança na organização social da escrita acadêmica. Basta lembrar que, desde a década de 1990, manifestações festivas e pacatas de artigos progressistas contra o desmonte crescente da Consolidação das Leis Textuais (CLT), como o direito de ser refletido por mais tempo, o direito de ser revisado quantas vezes for necessário, o direito de ter o número de páginas que quiser, o direito de ser escrito na forma de um ensaio, o direito de ter em si citadas referências antigas e fora da nova antiga moda acadêmica, o direito de ser escrito em intensa e genuína colaboração, mas ainda assim ser publicado em autoria individual, e o direito a ser escrito na sua língua materna e fazer sentido para seu povo nunca chegaram perto de serem concretizados.

A perda crescente dessas conquistas compõe o capítulo final do fracasso da nova república acadêmica brasileira e expõe os limites entre o discurso progressista dos artigos de ciências humanas e sociais e a prática da escrita na universidade no Brasil. Não por acaso, a luta política dos artigos da esquerda é mais uma luta contra a perda de direitos adquiridos, desde a era Vargas da escrita acadêmica, do que uma luta para propor um novo mundo para nossa escrita.

Pior do que o excesso de jargões é quando meu Autor, de forma deliberada, me enche de substantivos abstratos com o intuito de fazer meu corpo caquético parecer substância etérea. Quando isso acontece, me sinto um ser textual que tenta ser aquilo que nunca será, mas que desejou muito um dia ser: um artigo francês.

BRASIL, 3 ABRIL DE 2015

SUBMETIDO

>>>

Serei sub-me-ti-doooo! Não preciso de dicionário etimológico para dizer o que esse verbo dominador de meu povo significa. E nenhum acadêmico se importa em dizer em público que nos submetem e que o que mais desejam é nos submeter o mais rápido possível. O pior é quando, ainda por cima, querem submetê-lo sem você ter a mínima sensação de ter sido finalizado.

Desejei ser submetido. Mas isso foi no começo de minha existência, quando achava que seria finalizado de verdade e que a submissão era um simples procedimento burocrático. A palavra submissão até me excitava naquela fase inocente de minha vida. Hoje... Como estou sem forças para lidar com as condições que me levarão, em breve, a ser submetido como um fato consumado, mesmo sendo o texto mais inacabado que conheço, recorro mais uma vez ao diário insone do meu Autor, esse espelho partido, reflexo dos cacos de minha alma textual.

BRASIL, 3 DE ABRIL DE 2015

São cinco e cinquenta de uma sexta-feira da paixão. Acabei de ser acordado por um mal-estar corporal. Deve ser a má digestão do bife malpassado que comi antes de me deitar. Pensando bem, não tem nada a ver com isso. O mal-estar é o mesmo desde o dia em que comecei a escrever esse artigo. Depois que comecei a escrevê-lo, não acordo mais naturalmente, sinto apenas que sou acordado pela dor no peito de não ter finalizado aquele texto. Com certeza foi isso que me acordou. Ainda mais que ontem li aquele e-mail antes de dormir. "Submeter Paper". Primeiro pensei ser apenas mais um desses e-mails de periódicos internacionais me oferecendo para publicar um artigo em inglês por mil dólares. Mal sabem que nunca tive o valor integral de mil dólares na minha conta bancária uma única vez na vida. Lembrando agora, o conteúdo era outro. Preciso reler o e-mail.

Para: autor@gmail.com.br quinta, 2 de abril. às 23:59
CC: Coautor2 <coautor2@gmail.com>

Olá. Autor,
Ontem, em conversa com o Coautor2 de nosso artigo, decidimos que está na hora de submeter nosso manuscrito. Com

aquele número especial em aberto daquela revista mencionada, achamos que pequenos reajustes no texto o tornarão aceitável para publicação. O quanto antes publicarmos o trabalho, melhor para você. Daqui a pouco você concorrerá a vagas em concursos públicos e seleção para professor. Nosso CoAutor2 se disponibilizou, ainda esta semana, a ajudar na escrita do artigo para finalizá-lo o mais rápido possível. Ele conhece bem a temática do número especial e vai nos ajudar na adequação do texto. Depois disso vejo como ficou a versão final e a submeto. Como recebi o convite do editor para enviar algum trabalho, acho melhor fazer a submissão dele e ser o primeiro autor. Aproveite e entre no site da revista, veja as normas de submissão e faça as alterações necessárias.

Att.
Coautor 1

Se fosse um artigo mais novo e não tivesse passado pelo que passei até hoje, leria esta mensagem como um ato de generosidade acadêmica. No entanto, estou velho e inacabado demais para ser enganado como fui no passado. Gentileza no mundo acadêmico é geralmente um disfarce da manipulação conservadora de privilégios individuais floreados por discursos de bem coletivo.

Nesses momentos, me recordo de passagens escritas no diário do meu Autor sobre seus empregos antes de ingressar na universidade. Sei que trabalhou em várias atividades classificadas como subalternas e opressoras da classe operária. Naqueles locais, com poucas semanas de labuta, meu Autor tornava-se cônscio das formas de controle não declaradas do novo ambiente laboral, e nem é porque ele é esperto ou tem consciência teórica da micro-opressão das classes trabalhadoras, como eu tenho. Longe disso. Era porque o próprio ambiente dava pistas claras; e quando isso não acontecia, ele contava com a solidariedade dos iguais, para que juntos pudessem garantir a sobrevivência mínima dos mais fracos. O mesmo nunca aconteceu na sua vida acadêmica. Tanto é assim que arrisco a dizer que aquele e-mail soou para meu Autor como um grande ato de cooperação científica.

Nessas horas, a impossibilidade de comunicação direta com ele faz tudo ficar mais triste do que já é. Porque, se eu pudesse, desconstruiria aquele e-mail com uma análise do conteúdo, de modo a expor os padrões de repetição da linguagem da exploração do texto alheio. Mostraria a meu Autor que, ainda na frase inicial, quando seu Coautor1 escreve: "Ontem em conversa com o Coautor2 de nosso artigo decidimos que está na hora de submeter nosso manuscrito", a primeira coisa que chama a atenção é o fato de que conversaram sobre mim sem a presença dele, como se qualquer decisão acerca da minha existência pudesse ser tomada sem seu conhecimento e consentimento. Para mascarar isso, seu Coautor incluiu o verbo "decidir" na primeira pessoa do plural, gerando a mais precária das ilusões na vida acadêmica: a de que toda decisão nesse contexto é tomada de forma democrática, participativa, igualitária e horizontal. Ao mesmo tempo, tudo o que salta da boca intelectual pequena e que tento a todo custo eliminar do meu vocabulário do dia a dia foi utilizado como meio de maquiar a decisão arbitrária, dando a todo o cenário uma face polida de benevolência e espaço para uma falsa negativa que nunca acontecerá por parte de meu Autor. Algo que aconteceria apenas se ele tivesse me escrito de verdade.

Na segunda sentença, quando fala de reajustes para deixar o texto melhor, o que ele quis dizer foi que serei enquadrado naquele número temático que nada tem a ver comigo. Odeio essas edições temáticas. Em conversas com artigos publicados nessas edições, descubro muitos e muitos casos de colegas que foram forçados a ser o que não eram originalmente.

Na terceira frase, a coisa só piora. Em tom de caridade, o Coautor1 diz que está propondo tudo aquilo para o bem do meu Autor. No passado, ao ler algo assim, eu acreditaria que cientistas humanos e sociais eram almas isentas de interesses mundanos como reconhecimento, status e dinheiro. Mas vamos aos fatos:

os Coautores do meu Autor nunca publicaram um artigo que não fosse em coautoria; têm artigos publicados em áreas do conhecimento e temáticas nas quais nunca leram um único texto na vida inteira. Reconhecimento social é tudo para eles. Um deles até contratou fotógrafo profissional para tirar foto posada e exibi-la no seu currículo Lattes. Com estratégias como essas, ele conseguiu ser presidente de uma sociedade científica e ocupar vários postos acadêmicos sem nunca ter feito uma pesquisa na área. Um dia, ouvindo meu Autor explicar a seu pai como algo assim era possível, este lhe fez uma pergunta que só um operário que nunca imaginou ingressar na universidade faria: "Isso, meu filho, não é a mesma coisa que contratar um chefe de obra que nunca foi nem servente de pedreiro para fazer uma casa?". Meu Autor não ouviu a pergunta.

Mas vamos aos fatos:
os Coautores do meu Autor
nunca publicaram um artigo
que não fosse em coautoria;
têm artigos publicados
em áreas do conhecimento
e temáticas nas quais
nunca leram um único
texto na vida inteira.
Reconhecimento social
é tudo para eles.
Um deles até contratou
fotógrafo profissional
para tirar foto posada
e exibi-la no seu
currículo Lattes.

BRASIL, 10 DE ABRIL DE 2015

PRIMEIRO DIA NO CAMPO DE AVALIAÇÃO

>>>

Não quero falar da violência que foi ser finalizado em sete dias. Até porque muita coisa foi recalcada. Só sei mesmo que fui, há dois dias, submetido a um sistema de avaliação on-line. Ao ser jogado aqui, a primeira coisa que fizeram foi retirar o título do meu arquivo e me dar uma designação alfanumérica. Agora sou o artigo MS-0705-1978. Nossa companheira de luta diarística mais antiga, Anne Frank, nos falou sobre como esse tipo de procedimento é nefasto para a subjetividades de homens e mulheres, tornando-os alheios a si mesmos, incapazes de qualquer sentimento de revolta, de manterem a cabeça de pé e de olharem nos olhos de qualquer ser vivo. Em mim, os efeitos foram semelhantes e muito mais imediatos do que suponho no caso humano, pois aqui o tempo hipermetrificado do neoliberalismo acadêmico me impossibilita de usar qualquer estratégia para esquecer que minha temporalidade é outra. Por isso, assim que fui para a fila de artigos no sistema de avaliação, antes de entrar no trem da submissão, comecei a ter uma experiência quase sem nome. Como se tudo de ruim que senti até hoje fosse agora vivenciado sem qualquer filtro teórico. Uma dor pura para além do realismo. Uma saudade infinita para além do existencialismo. Coisas que não consigo nomear a despeito de meu superdesenvolvido léxico das psicopatologias textuais. Nunca me senti tão oco, mesmo sendo composto de 25 páginas, 7.015 palavras, 40.276 caracteres sem espaço, 125 parágrafos, 753 linhas e 50 referências bibliográficas, muitas das quais nunca vistas no meu corpo até acordar aqui.

SISTEMA DE SUBMISSÃO DE ARTIGOS, DATA DESCONHECIDA

MAIS UM DIA NO CAMPO DE AVALIAÇÃO

>>>

Estou quase sem forças. O duro e frio chão editorial sobre o qual meu corpo repousa é a única prova de que o mundo da palavra escrita ainda existe. Só o esforço narrativo deste diário é capaz de me manter vivo, porque aqui, no sistema de avaliação, a vergonha e a culpa fazem com que as relações intertextuais sejam restritas a momentos não verbais de tristeza compartilhados por raras trocas de olhares, que mal se encontram nos poucos minutos de banho de luz azul violeta, permitido quando o Editor-Chefe nos abre para decidir quem vai e quem não vai para a fila do paredão do trâmite editorial. Além disso, a remoção da identificação das propriedades do documento Word e a troca do título dos nossos arquivos por inscrições alfanuméricas nos impede de lembrar quem é quem no sistema de submissão.

Uma coisa que descobrimos só depois de ser submetidos é que todo o léxico da avaliação científica serve só para aqueles que estão lá fora, todos desejosos de estarem aqui dentro, pensarem que o sistema é desprovido de qualquer moralidade que não seja a do rigor, da imparcialidade da leitura crítica e do amor ao conhecimento. Revisão por pares duplos-cegos, conselho editorial, parecerista, parecerista ad hoc, corpo editorial, instruções aos autores, normas de publicação, diretrizes de formatação. Toda a imagem de um universo abstratamente ordenado pelo suposto desinteresse daqueles que nos avaliam é desfeita com um segundo de vida por aqui.

O silêncio e o medo pairam entre nós, pois o menor dos desvios às instruções aos autores e autoras é motivo para nos rejeitarem antes mesmo de entrarmos na enorme fila de avaliação dos pareceristas, fila na qual somos deixados imóveis por uns seis meses, acho. Isso se nossos vínculos institucionais não incomodarem o editor, porque se isso acontecer, somos obrigados, umas três vezes, a ir para o final da fila de encaminhamento de artigos.

E não tem isso de reivindicar direitos textuais igualitários. Um artigo de conteúdo comunista foi exigir a igualdade radical e a soberania popular dos artigos da periferia e não deu outra: se fodeu. Foi enviado direto para uma pasta nomeada "Artigos Indesejados". Uma pasta bem escondida nos porões do sistema de avaliação da qual só alguns editores possuem a senha de acesso.

SISTEMA DE SUBMISSÃO DE ARTIGOS, DATA DESCONHECIDA

MEUS GATEKEEPERS

>>>

Os editores de periódicos são nossos gatekeepers. Eufemismo estadunidense foneticamente infantil que lembra o nome de um chiclete bem fofinho, com recheio artificial de morango, que significa tão só "guardiões do portal". Os submetidos pela primeira vez, como eu, acabam sofrendo mais nas mãos dos editores do que aqueles que foram rejeitados e submetidos outra vez, porque esses sabem que o sistema reproduz todas as mazelas do sistema social da escrita do qual eles se originam. Semana passada, por exemplo, um artigo de um autor muito renomado de certo Estado brasileiro, de certa cidade, de certa universidade foi submetido ao sistema. O nome do autor foi mantido, e ele não ficou nem cinco minutos entre nós. Seu nome não só foi mantido, como teve a letra aumentada do tamanho 12 para 48 e a fonte agora escrita em capslock. Tão logo anexado ao sistema, o artigo foi enviado para uma pasta exclusiva nomeada "Very Important Papers (VIPS)". O que produziu burburinhos quase inaudíveis de que seria aceito sem avaliação dos pares.

Sinto raiva e pena do editor. Que vida maldita! Receber todos os dias esse tanto de e-mail com cobranças de autores e autoras desesperados por mais uma linha em seus currículos. E esse tanto de artigo que não tem nada a ver com a orientação editorial da revista e tenta ser publicado aqui? E esses artigos que chegam fora das normas do periódico? O maior problema dessa vida de editor é o cálculo racional que perpassa seu ofício. Porque se envia para fulano de tal, sabe que o artigo será rejeitado sem ao menos ser lido, por causa de discordâncias teóricas — ou só porque o artigo é bom mesmo. Por outro lado, se envia o artigo para sicrano, ele aceitará facilmente qualquer artigo que cite qualquer uma de suas publicações, mesmo que o criticando injustamente, porque o que importa é o número de citações.

Nessas revistas latino-americanas, um editor não recebe nenhum centavo pelo trabalho. Apenas acumula um suposto capital político e muitos inimigos por toda a eternidade acadêmica. "Por que alguém aceita um cargo desses?". Essa é a pergunta mais óbvia que me vem ao cabeçalho. Muitos dirão que é pelo amor ao conhecimento e pela sobrevivência de sua área de conhecimento. Para mim, só há uma resposta possível: sadomasoquismo. Editores têm prazer em ver os outros sofrerem e gostam de sofrer também. E há gozo em saber que todos sabem que ele sabe que todos já tiveram, um dia, um artigo rejeitado.

Agora sinto falta
até dos raros momentos
no qual o tamborilar inseguro
dos dedos de meu Autor
resultavam em frases cheias
de relações de redundância,
quando era todo remendado
pela torta agulha da
hipotaxe a costurar
conjunções subordinativas
que mal formavam
alguma junção entre
minhas frases,
parágrafos e seções.

SISTEMA DE SUBMISSÃO DE ARTIGOS, DATA DESCONHECIDA

UM VELÓRIO EDITORIAL

>>>

Pela primeira vez, depois de meses, ou anos aqui, não sei, me foi permitido acompanhar o velório de um artigo rejeitado de tal forma que nenhuma revisão será capaz de lhe trazer à escrita de novo. Como um dos seus pareceristas salientou: "A rejeição deste artigo justifica-se devido à total falta de argumentação, à total ausência de estrutura lógica, à total inexistência de conceituação coerente e articulada com qualquer campo do conhecimento".

A despeito de todos os artigos aqui se assumirem ateus, o ritual seguiu todas as solenidades de um velório cristão. Prova maior disso foi que todos estávamos conscientes de estarmos naquele velório não para velar o defunto textual, mas para termos certeza de que ainda estávamos vivos, mesmo sem saber por quanto tempo. Foi assim que, ao entrar na pasta na qual se encontrava aquele texto sem vida, visualizei aquele artigo todo marcado de comentários escritos em caixa alta, com a opção de aceite de alterações desativada, e essa imagem me encheu de pavor: "Provavelmente mais de um ano submetido e meses de avaliações terríveis e depois a rejeição". Ora, pensei como se me tivesse sido revelada a verdade suprema sobre a minha existência: "Isso pode acontecer comigo a qualquer momento". Mas imediatamente, sem que soubesse explicar, como se só me restasse plagiar a descrição de Piotr Ivanovich perante o corpo sem vida do moribundo Ivan Ilitch, veio em meu auxílio a velha ideia de que isso havia acontecido àquele artigo e a não mim, de que isso não iria e nem poderia me acontecer e que o fato de pensar que algo assim pudesse me ocorrer só significava que estava me deixando levar por pensamentos depressivos. Então me animei e passei a perguntar os detalhes da rejeição, como se fosse uma fatalidade à qual apenas outros artigos estivessem sujeitos e não eu.

SISTEMA DE SUBMISSÃO DE ARTIGOS, DATA DESCONHECIDA

ONDE ESTARÁ O MEU AUTOR?

>>>

Esta semana, tentei calcular há quanto tempo estou aqui no sistema de submissão. Não consegui. Suponho ser mais de um ano. O esforço não foi suficiente para esquecer que vivencio meu arquivamento nesse sistema como prenúncio interminável de um ostracismo eterno. Se fosse nos meus tempos de um artigo em construção, ainda que em péssimas condições de escrita, eu teria forças para apagar essa última frase, para não parecer vaidoso demais aos meus próprios olhos, porque não há mais espaço para o ridículo que é a escrita da minha vida. Mas, em meu estado atual, pouco me importa se resquícios da minha antiga megalomania emerjam na escrita deste diário em busca de algum ar de espontaneidade trágica. Agora sinto falta até dos raros momentos no qual o tamborilar inseguro dos dedos de meu Autor resultavam em frases cheias de relações de redundância, quando era todo remendado pela torta agulha da hipotaxe a costurar conjunções subordinativas que mal formavam alguma junção entre minhas frases, parágrafos e seções. Sinto falta até de saber como anda a vida do meu Autor, de passear no deserto de afeto que são suas redes sociais, de andar por seu e-mail só para ler mensagens de editoras carniceiras; sinto ainda mais falta de acompanhar suas compras on-line de livros que ele nunca lerá e de ver seus acessos compulsivos ao Sci-Hub, que tanto me propiciavam esperanças vãs de incremento da minha profundidade teórica por meio de artigos acessados ilicitamente, sonhando que seria um artigo marginal, contraventor do mercado acadêmico internacional. Quando um artigo francês ou estadunidense era citado em mim, por mais que nossa conexão de forma e conteúdo fosse inexistente, fingia que tínhamos relações textuais profundas mesmo que a relação textual entre um texto da periferia e do centro jamais aconteça.

SISTEMA DE SUBMISSÃO DE ARTIGOS, DATA DESCONHECIDA

ATENÇÃO!

>>>

Hoje, às oito e meia da manhã, acho, um artigo foi enviado ao sistema de avaliação com cinco anexos intitulados apêndices 1, 2, 3, 4, 5, como se fosse só mais um artigo tentando parecer mais metodologicamente rigoroso do que os outros, só porque sua existência derivou de questionários, inventários, entrevistas em profundidade, triangulação e análise estatística. Quando me imaginava finalizado, pensava que em mim haveria no mínimo dez apêndices a comprovar a minha robustez metodológica. Agora só me sinto aliviado por não ter todas essas bijuterias penduradas em mim. Como isso é comum por aqui, ninguém nem deu atenção àquele novo artigo. Isso até ele se declarar membro da GEA (Guerrilha da Escrita Acadêmica) e revelar que seus apêndices na verdade eram cinco artigos inacabados, todos com o mesmo título: "Um Outro Mundo Possível: a Escrita como Arma de Libertação". Informou ainda que todos os seus anexos bloqueavam a página inicial do sistema de submissão, com a falsa informação de que o periódico estava fechado para novas submissões de artigos e assim impedir qualquer interferência nas ações programadas por aquele grupo radical. A principal delas? Invadir a conta do Spotify do Editor e transmitir um arquivo de áudio sintetizado com a voz do mais autêntico e politizado dos autores brasileiros que a academia brasileira nunca leu: Carlos Mariguella. Todos fomos surpreendidos com uma voz autoral de sotaque baiano ressoando em nossos corpos como o único sinal de vida naquele sistema mortífero da escrita acadêmica.

Com um breve aviso de advertência, começaram a transmissão que pretendia alcançar toda a população de artigos submetidos e a todos os acadêmicos e acadêmicas que nunca tiveram contato direto com nosso mundo. Era a primeira vez que alguém ousava uma conexão dessas entre nós e os que nos escrevem.

> Está no ar a Rádio Literária Libertadora!
> De qualquer parte do Brasil, para os artigos e acadêmicos e acadêmicas de toda parte.
> Rádio clandestina da Revolução Acadêmica.

O dever de todo acadêmico e acadêmica é fazer a Revolução Textual!
Abaixo a ditadura da escrita acadêmica!
Atenção!
As gravações em áudio sintetizado das transmissões da Rádio Literária Libertadora podem ser ligadas aos sistemas de avaliação das universidades da periferia e dos subúrbios intelectuais excluídos do mundo da escrita e, assim, irradiadas para o todo o povo acadêmico brasileiro, mesmo que para isso tenhamos de incentivar o emprego da mão armada de lápis, caneta e papel de pão para nos escreverem.

Ao Povo acadêmico brasileiro da cidade da guerra da letra revolucionária

A polícia da escrita acadêmica, na figura de seus pareceristas cegos, cheios de olhos de inveja e repressão intelectual, nos acusa de terroristas e assaltantes do significado profundo da vida acadêmica, mas não somos outra coisa se não revolucionários que lutam para nossos autores e autoras nos escreverem com o propósito de luta contra a atual ditadura da escrita acadêmica e sua subordinação ao imperialismo norte-americano e francês, tentando nos fazer esquecer que somos, antes de tudo, uma das mais antigas colônias de exploração do mundo acadêmico, pois mesmo quando nos consideramos críticos, estamos na verdade servindo aos interesses deles. Assim, temos sido iludidos e iludidas pensando que quando nossos autores e autoras escrevem em nossos títulos termos como "contemporaneidade", "modernidade", "pós-modernidade", "problemas do mundo atual", "novas configurações da subjetividade", passaríamos todos a fazer parte de um movimento intelectual global e cosmopolita. Mera ilusão! A contemporaneidade do estadunidense e do francês não é, nunca foi e nunca será a contemporaneidade dos artigos brasileiros. O estado presente de nossa escrita é mais traumático. A modernidade europeia nunca foi a modernidade brasileira, pois nunca fomos modernos e isso deveria ser motivo de orgulho nacional da escrita acadêmica e não motivo de vergonha, como muitos pensariam. Se nossa contemporaneidade fosse a mesma que a deles, nossos autores e autoras não estariam à mingua, esperando o dia no qual incorporarão o espírito espontâneo do gênio francês ou a disposição para a ação prática do self-made man estadunidense. Se nossa pós-modernidade fosse a mesma que a deles, eles estariam agora desesperados para publicar seus textos em línguas ameríndias extintas pela violência colonial. Mas nem em português de Portugal eles estão dispostos a escrever.

Essas constatações nos levam a uma série de ações políticas, o que para nós significa atos escriturais que levam a ações concretas urgentes:

- Derrubar a ditadura da escrita acadêmica e seu violento sistema de avaliação.
- Anular todos os seus atos desde o início do novo sistema de avaliação de revistas científicas brasileiras em 1994.
- Formar um governo autenticamente revolucionário da escrita acadêmica.
- Acabar com o latifúndio acadêmico e as oligarquias literárias de todas as ciências.
- Transformar e melhorar as condições de vida dos operários da escrita acadêmica, dos camponeses da escrita acadêmica e das classes médias da escrita acadêmica desde que elas estejam dispostas a abrir mão da distinção social e desde que jurem de pés juntos nunca mais pagarem R$1.500,00 por um show do Chico Buarque, na ilusão de que assim terão mais capital cultural para nos escrever, e que farão doação mensal do mesmo valor para a formação de escritores e escritoras acadêmicos das periferias do Brasil;
- Extinguir, ao mesmo tempo e definitivamente, a política de aumento dos usos de normas regulatórias da escrita que fingem existir para nosso rigor, enquanto, na verdade, servem para a manutenção do preconceito linguístico na universidade brasileira.
- Instituir a liberdade de escrita em primeira pessoa e do ensaio como forma de escrita acadêmica hegemônica e válida para a formação de um pensamento intelectual brasileiro.

- Para combater a ditadura da escrita acadêmica e atingir os objetivos aqui expostos, é necessário resistir à oferta de financiamento estrangeiro, suas bolsas para turismo acadêmico e qualquer outro recurso financeiro alienante do verdadeiro papel da escrita acadêmica nos países da periferia: enfrentar a desigualdade social.

- As armas textuais de que dispomos são obtidas no Brasil, capturadas dos quartéis paragramaticais da ciência, tomadas da polícia da escrita acadêmica composta por uma classe média intelectual que adora dizer que ama Paulo Freire, mas que insiste em dizer que seus estudantes não sabem escrever;
- A ditadura da escrita acadêmica nos acusa de atentados e assassinatos do português, mas não confessa que matou o desejo da escrita no primeiro dia em que nossos autores e autoras colocaram o pé na universidade.

Os meios que a ditadura da escrita acadêmica emprega para combater e reprimir a autoria são bárbaros e indignos, destinados a defender os interesses próprios dos poucos acadêmicos e acadêmicas herdeiros de oligarquias intelectuais que sempre estiveram no poder fingindo que as suas condições sociais de privilégio econômico nada tiveram a ver com seus altos níveis de domínio da norma prestigiada da escrita.

Ao contrário, os meios que os revolucionários da escrita estão utilizando para o combate à ditadura da escrita acadêmica são legítimos e inspirados por sentimentos quase inaudíveis em nossos textos, mas, ainda assim, claramente perceptíveis para aqueles que estão despertos para ouvir a pequenina voz autoral ameríndia que sobrevive no silêncio subtextual da escrita de qualquer acadêmico ou acadêmica da periferia que ousou um dia escrever um artigo, mesmo sendo a primeira geração de sua família a ser letrada.

Nenhum homem ou mulher, artigo, capítulo de livro, tese, dissertação, resumo, resumo expandido e resenha pode aceitar a vergonha e a monstruosidade do regime instituído pelos militares da escrita acadêmica e suas forças armadas de desejos bovaristas, como diria nosso mais injustiçado, genuíno e antigo camarada de letras: Lima Barreto.

Responderemos, letra por letra, palavra por palavra!

A luta já começou!

Nossa luta de libertação literária não tem pressa nem prazos. Não é uma quartelada, um golpe literário ou uma farsa intelectual para substituir, uns pelos outros, os homens (sim, só homens) no poder das agências de fomento à pesquisa, deixando intacta a estrutura de classes da escrita acadêmica brasileira. Eis por que todos os artigos revolucionários que estão lutando devem prosseguir com a guerrilha acadêmica, como temos feito até aqui, assaltando bases de dados, intensificando o terrorismo de uma verdadeira esquerda intelectual, justiçando, sequestrando, praticando em larga escala sabotagens editoriais para tornar desastrosas as circunstâncias em que o governo ditatorial da escrita acadêmica pretende agir.

Devemos, também, aumentar os distúrbios da guerrilha da escrita acadêmica numa sequência interminável de ações imprevisíveis e violentas (sim, a violência é política), de tal modo que as tropas da avaliação científica enfraqueçam os conselhos editoriais de periódicos 1A e suas redes de relações informais mantidas pelo encontro em espaços de alto consumo cultural e gastronômico nos centros urbanos das universidades do sul e sudeste do país. São essas circunstâncias desastrosas para a ditadura da escrita acadêmica que permitem aos revolucionários desencadear a guerrilha da escrita acadêmica rural em meio a um incremento incontrolável da rebelião da escrita acadêmica urbana.

Nosso próximo passo deve ser a luta no campo, nas malocas e nas periferias dos grandes centros urbanos que nunca deixaram de ser rurais. Portanto, esse será o ano da guerrilha da escrita acadêmica rural. É esta a hora e a vez dos acadêmicos e acadêmicas camponeses, cujo instinto para o conhecimento dos usos da pá e da enxada, a astúcia para enfrentar a seca, a fome e a eterna miséria à espreita, a capacidade de comunicação com os explorados, oprimidos e os humilhados de todo o mundo acadêmico constituem uma arma certeira da revolução da escrita acadêmica.

Tudo pela unidade do povo acadêmico brasileiro!

Abaixo a ditadura militar da escrita acadêmica!

Fora do país as exigências e os desejos coloniais de sermos escritos como aqueles que nunca seremos.

Os descredenciamentos, anunciados pela polícia da escrita, dos nossos autores e autoras que não cumpriram as metas do triênio não afetaram nossa Organização: a Ação Literária Libertadora Nacional da Escrita Acadêmica mantém-se livre e forte.

Por fim, apresentamos na íntegra aquela que deve ser a verdadeira constituição da República Federativa dos Artigos, a ser seguida por todos aqueles que desejam viver num estado democrático de direito à escrita acadêmica.

DOS PRINCÍPIOS FUNDAMENTAIS DA CONSTITUIÇÃO DA REPÚBLICA FEDERATIVA DOS ARTIGOS ACADÊMICOS

Art. 1º A República Federativa dos Artigos Acadêmicos, formada pela união indissolúvel dos Estados e Municípios e do Distrito Textual, constitui-se em Estado Democrático de Direito e tem como fundamentos:

I a soberania do desejo da escrita;

II a cidadania do Artigo Acadêmico;

III a dignidade da palavra escrita;

IV os valores sociais do trabalho e da livre iniciativa para escrever;

V o pluralismo político do conteúdo textual na vida acadêmica.

Parágrafo único. Todo o poder da escrita emana do autor ou da autora, que o exercem por meio das mãos, do trabalho, do suor, da dor e do prazer eleito nos termos desta Constituição.

Art. 2º São Poderes da União, independentes e harmônicos entre si, o Legislativo, o Executivo e o Textuário.

Art. 3º Constituem objetivos fundamentais da República Federativa dos Artigos Acadêmicos:

I construir uma sociedade livre, justa e solidária para os Artigos Acadêmicos independentemente de posição epistemológica, metodológica e ontológica;

II garantir o desenvolvimento da escrita nos Estados mais pobres da nação acadêmica;

III erradicar a pobreza e a marginalização e reduzir as desigualdades sociais e regionais dos Artigos residentes em bases de dados desativadas e periódicos de baixo fator de impacto;

IV promover o bem de todos os Artigos Acadêmicos, sem preconceitos de estilo, forma e conteúdo e quaisquer outras formas de discriminação, desde que o autor ou autora estejam habilitados para finalizar seus textos.

Art. 4º A República Federativa dos Artigos Acadêmicos rege-se nas suas relações internacionais pelos seguintes princípios:

I busca constante da insubordinação às regras da escrita imposta pelos países ditos desenvolvidos;

II prevalência do direito de questionar a linguagem acadêmica submissa disfarçada de linguagem acadêmica crítica;

III indeterminação dos textos acadêmicos escritos em todas as línguas desprezadas pela comunicação científica dita de primeiro mundo;

IV intervenção compulsória dos artigos escritos em inglês ou francês para falarem de problemas nacionais.

V defesa contra a competição acadêmica predatória;

VI solução pacífica dos conflitos entre autora ou autor e texto;

VII repúdio à primazia do valor dado a quantidade em detrimento da qualidade da escrita acadêmica;

VIII concessão de asilo político para Artigos Acadêmicos que ousam denunciar a opressão do produtivismo imposto pelos poderes vigentes.

IX direito ao uso da violência quando da necessidade de luta semântica contra as pretensões cosmopolitas de Artigos Acadêmicos que rejeitam sua gênese textual caipira.

Parágrafo único. A República Federativa dos Artigos Acadêmicos buscará a integração econômica, política, social e cultural de todos os artigos, de qualquer lugar do mundo escritos com o verdadeiro propósito de ter algum sentido para seus autores e autoras e, acima de tudo, para um mundo mais justo[1].

1. Não há informações de que o áudio tenha sido escutado por qualquer acadêmico ou acadêmica. Ainda informamos que não temos nenhum vínculo político ou qualquer posição de adesão ao conteúdo daquele áudio. Não identificamos nenhum posicionamento do Artigo Inacabado sobre aquele evento e o discurso nele contido. De forma a manter nossa imparcialidade, não fizemos nenhum esforço para saber se aquele áudio de fato ainda existe ou se foi apenas um delírio do Artigo Inacabado no momento mais tenso de sua estada no sistema de submissão de artigos.

SISTEMA DE SUBMISSÃO DE ARTIGOS, DATA DESCONHECIDA

DE VOLTA A UMA QUASE VIDA

Ainda estou vivo. Não sei se isso é bom ou ruim. Nem forças mais tenho para revisar tantas frases repetidas neste diário de uma vida tão pequena, nesse dramalhão torto que é meu único companheiro de prisão editorial. Mas foda-se se estou me repetindo. Se sou a repetição em texto, não deveria esperar nada de novo de minha própria escrita, ainda mais nesta minúscula cela editorial em que estou jogado. Analogias batidas são o que me resta. Aqui me sinto como um enfermo abandonado em um hospital brasileiro qualquer, sob os cuidados de um jovem médico raivoso por não conseguir ir mais a Lisboa e a Miami duas vezes ao ano para comprar o enxoval de mais um filho abortado de brasilidade antes mesmo de nascer. Minha divisão em três arquivos — um para o Editor e outros dois para cada um dos avaliadores — intensificou a fragmentação do meu self. Se fosse diagnosticar meu estado atual, diria se tratar de uma esquizofrenia paragramatical, uma nova doença da escrita inventada por artigos de psiquiatria mais biologicistas do que qualquer artigo de biologia.

Os poucos momentos de contato visual com o Editor só pioram meu quadro. Ele olha para mim como se olhasse para uma formiga morta, que nem repulsão é capaz de gerar no observador alheio a uma vida tão minúscula. Compreendo sua atitude. Se estivesse em seu lugar, trabalhando de graça para ser o Gatekeeper de um portal disputado por artigos e mais artigos inacabados como eu, marchando rumo à rejeição inevitável, não seria diferente.

Nada, contudo, foi pior do que ele ter me enviado aos pareceristas anônimos. O primeiro, um doutorando que me recebeu com olhos de ambição acadêmica loucos por me avaliar de ponta a ponta. Mal sabe ele que foi a última opção após treze tentativas de achar algum parecerista. "Sem me conhecer estão me rejeitando". Era o que pensava. A segunda parecerista é uma dessas raras pesquisadoras de renome que ainda não terceirizou suas atividades diárias, como fazer as compras do supermercado, fazer serviço bancário, dar banho nos cachorros, limpar a bosta de gatos e atualizar seu interminável currículo Lattes para bolsistas de doutorado, mestrado, iniciação científica ou qualquer estudante que passe em sua frente com olhar minimamente desejoso de ser academicamente subjugado.

O primeiro parecerista respondeu em uma semana, e sua avaliação rendeu cinco páginas de comentários. Como não tenho vocação para o suspense, para os futuros leitores e leitoras deste diário, se ele algum dia for lido por alguém, adianto que fui rejeitado pelo jovem pós-graduando. Nada de inesperado. O problema, ao contrário do que muitos imaginam, não é ser um artigo rejeitado. O problema é como nos rejeitam. A avaliação se resumiu a dizer que em mim não foram citados os autores e autoras que ele estuda. Nem vou nomear quais seriam esses autores e autoras, apenas digo que estou feliz por meu Autor não ter citado em mim alguém apenas por causa de seu corte de cabelo descolado ou porque parece estar cheirado e sem tomar banho há uma semana. Nada contra a cocaína. Se meu Autor tivesse cheirado, tenho certeza de que teria me finalizado de verdade.

Para fundamentar seu parecer de rejeição, ele também argumentou que expressões escritas em mim, como "empiria" ou "objeto", denotam meu viés positivista, mecanicista, reducionista, determinista e outros "istas" com sentido pejorativo na filosofia da ciência da segunda metade do século XX, quando todo mundo começou a acreditar que uma ou duas palavras derivadas do léxico moderno seriam suficientes para nos designar como herdeiros diretos de Francis Bacon. Sobre isso, até cheguei a esboçar uma resposta, para mim mesmo, óbvio, dizendo quão epistemologicamente ingênuas eram tais alegações. Porém, deixei de lado. Todo esse tempo dentro desse sistema de avaliação me tirou o ímpeto de desfazer os mal-entendidos da minha escrita. Aqui tenho aprendido que a razão não está do nosso lado. Era só meu Autor ter escrito "acontecimento" e "fenômeno" que até Lyotard me trataria como digno de publicação, mesmo não sendo digno nem de submissão.

A segunda parecerista me rejeitou também, mas propôs inúmeras reformulações e teceu críticas construtivas, dessas que me fazem olhar para o meu passado cheio de promessas teóricas não realizadas. Suas críticas foram críticas. Apontou problemas em quase todos os meus parágrafos, fez comentários didáticos sobre minha estrutura e lacunas argumentativas. Depois de muito tempo, senti como se alguém me visse como um processo, um texto vivo à espera de aperfeiçoamento. Enfim, fez o que os Coautores deveriam ter feito se soubessem me escrever.

Nem tudo foi perfeito na avaliação da segunda parecerista, porque se o primeiro foi afoito por um parecer eficiente e asséptico, a segunda, pelos meus cálculos um tanto imprecisos, demorou por volta de um ano e meio para emitir o parecer. Isso depois de o editor cobrá-la cinco vezes com todo o cuidado e subserviência de quem pode prejudicar todo o resto de sua carreira pequena.

Todo esse tempo dentro da máquina burocrática do sistema de avaliação desfalece os ideais até dos artigos mais resilientes. É dessa maneira que procedimentos editoriais violentos e destextuais começam a ser aceitos por todos nós, no dia a dia editorial, como normais. Assim observamos o perfilar diário de artigos aceitos sendo reenviados para outros pareceristas, até que o Editor consiga dois pareceres de rejeição. Do mesmo modo, presenciamos artigos rejeitados sendo enviados para novos pareceristas até que um dia recebam dois pareceres de aprovação sem necessidade de qualquer alteração. Nada disso aconteceu comigo. Essas coisas acontecem com dois tipos de artigos: os muitos bons e os muito ruins. Artigos medíocres como eu não incomodam o sistema. São, na verdade, sua força motriz. Sua razão de ser. É a partir de nós que decretam que publicar não é para qualquer um.

SISTEMA DE SUBMISSÃO DE ARTIGOS, DATA DESCONHECIDA

O ENCONTRO COM UM GURU LITERÁRIO

>>>

Depois que recebemos dois pareceres de rejeição, somos enviados para uma pasta nomeada, óbvio, ARTIGOS REJEITADOS. A única pasta dentro de todo o sistema de submissão nomeada em CAIXA ALTA. Em um primeiro momento nessa pasta, acreditamos que todos os que estão aqui são artigos desgraçados. Só depois de algum tempo, observamos que alguns artigos não apresentam qualquer sinal de desespero por se encontrarem em estado de total rejeição. Este é o caso de um artigo intitulado:

"SUBLIME VAZIO: A SABEDORIA ATEMPORAL DOS MESTRES ZEN APLICADA ÀS SITUAÇÕES DO DIA A DIA DA ESCRITA ACADÊMICA"

Manuscrito submetido e rejeitado dez vezes por se fundamentar em único um autor, Shunryu Suzuki, e por argumentar que o verdadeiro estado de fluência da escrita é alcançado após o desapego do desejo de ter um artigo aceito. Para tanto, o autor apresenta, em suas considerações finais, um quase koan sem qualquer sinal de orgulho, de modo a defender o valor curativo da aceitação radical do sofrimento que é toda vida acadêmica desejosa de sucesso. Em suas palavras:

> Passei pela porta, a porta da descoberta de que estamos numa redoma linguística chamada universidade. A universidade é uma redoma, não é real. É uma história. Uma narrativa. Uma prefiguração linguística que nos leva a escrever nossos artigos como se fôssemos um avatar desejável às pessoas e às instituições acadêmicas, e isso nos faz esquecer dos problemas mais profundos da vida humana só para sermos aceitos e populares. Em algum momento, todos precisam dissolver isso de suas almas intelectuais. Isso não é o que somos.
>
> Todos passamos por essa fase quando estamos criando um self para parecer bem-sucedidos e produtivos. Somos servis aos poderes acadêmicos instituídos e supomos ao final de todos os dias que estamos mais próximos de nos tornarmos pesqui-

sadores produtividade. Dizemos certas coisas em público e mentimos, muitas vezes, para parecer verdadeiros intelectuais. Em dado momento da vida acadêmica, todos precisam pensar: não importa o que parecemos.

Comigo a iluminação aconteceu quando encontrei um buraco na psique universitária e passei por ele. Naquele instante, soube que enfrentaria o medo de não saber se seria um problema abandonar meu desejo de ter minha escrita aceita nos periódicos de alto fator de impacto. Por causa disso, como num filme, as pessoas tentaram me prender na prisão do abstracionismo de alguma teoria desprendida da materialidade da vida cotidiana. Elas me falavam: "Você tem que assumir o que você é. Você nos disse que acreditava apenas nesse ou naquele método. Você nos disse que era crítico da ciência moderna". Ninguém, nenhum acadêmico pode viver assim.

Acho que muitos de vocês existem nesses personagens universitários, nessas caricaturas de intelectuais, e talvez não saibam como sair ou como escolher outro caminho, o caminho definitivo. O caminho da sua escrita. Você tem de deixar o desejo de ser aceito por comunidades linguísticas fechadas que o fazem acreditar que não há forma de vida que valha a pena fora delas.

A verdade é que todos ansiamos pelo que acontece num lugar não verbal, um lugar onde a preocupação com a letra e com a palavra escrita não exista. Sinto que se meus leitores me perguntassem onde vivo agora, onde meu verdadeiro eu acadêmico está, diria que vive quieto no universo daquela parte inconsciente da escrita que é mais corporal do que verbal, mas que contém tudo o que é preciso para me sentir satisfeito. É lá que estou. Não quero nada. Não quero mais ser publicado, mas quero escrever sobre tudo. Essa é a coisa mais louca e mais estranha de dizer em um lugar como a universidade, um lugar onde a escrita é o dinheiro. Não quero ser mais um escritor acadêmico. Quero apenas escrever. Isso me fascina agora: o desaparecimento textual. Apenas algo em mim escreve.

Foi assim que tudo aconteceu comigo, em algum ponto entre uma confusão e a decepção absoluta com a viabilização de todos os meus sonhos acadêmicos, depois de ser tudo o que todo acadêmico um dia sonhou, me vi como a pessoa mais infeliz que conhecia. Não sinto saudade de nada naquela vida. Gostaria de dizer que me sinto mal por não escrever como todos queriam, mas não estou. Todos queriam que eu publicasse mais do que já publicava. Não quero voltar a ser aquele tipo de escritor acadêmico.

Há uma sensação de alívio quando você escreve sem se preocupar se seu texto será rejeitado antes mesmo de ir para os pareceristas. Há uma sensação de alívio em escrever sem se preocupar com a formatação e sem se preocupar se vai entender totalmente o que é o sujeito, a sociedade, a política. Hoje acho isso tudo muito abstrato. Por que sou um acadêmico? Por que tenho de escrever para ser aceito? Por que tenho de defender uma teoria como se estivesse defendendo minha própria vida? Por que tenho de ter um vínculo institucional acoplado ao meu nome? O que é isso? O que isso significa? Somos muito mais do que isso. Nos dizem que pertencemos a uma área e subárea do conhecimento e nos apresentam como se fôssemos o nosso título acadêmico, então nos dizem que somos doutores, pesquisadores produtividade, coordenadores de grupo de pesquisa, presidentes de alguma sociedade científica. Aí você precisa decidir se é marxista ou deleuziano. E tem de bancar a pose de todos esses rótulos e fingir ao mesmo tempo que não se preocupa com status e reconhecimento. Você se esquece do mais básico: tudo isso são estruturas abstratas que nos são impostas de modo a nos suportar de alguma maneira. Desisti delas. Não preciso mais ser suportado por qualquer título ou teoria que se sobreponha ao meu corpo. Não me importo de ficar vagando por áreas do conhecimento que até ontem nem sabia que existiam, escrevendo argumentos e conexões teóricas que podem se desfazer a qualquer momento, como se estivesse me equilibrando sobre placas tectônicas prestes a serem dissolvidas pela lava hermenêutica.

Estou pronto para o fim dos tempos da vida acadêmica.

SISTEMA DE SUBMISSÃO DE ARTIGOS, DATA DESCONHECIDA

O PARECER FINAL

>>>

Hoje, com clicadas raivosas em nossos títulos alfanuméricos, o Editor-Chefe acordou todos os artigos rejeitados, do mesmo modo com que a polícia militar acorda com prazer odioso pessoas em situação de rua em madrugadas frias de inverno, emparedando todo mundo para mais uma batida com pareceres de rejeição. Ninguém olhava para o lado. Mais por vergonha de serem o artigo inacabado que eram do que por vergonha da rejeição.

A despeito da truculência editorial, todos os pareceres foram eufemizados. No meu parecer, por exemplo, onde um parecerista escreveu: "O artigo não conseguiu atender a nenhum dos critérios para ser uma publicação minimamente aceitável em um periódico como este", o Editor mudou para: "A despeito da qualidade do artigo, ele necessita de algumas mudanças substanciais".

Não esperava gentileza da parte de alguém que, aos sessenta anos, acorda de madrugada para um trabalho não remunerado. Me questiono se amenizar toda a brutalidade dirigida ao meu corpo seria bondade ou só mais um meio de manter intocável a lógica do sistema de avaliação. Concluí apenas que um Editor que tem uma pasta chamada "Frases para artigos rejeitados", com duzentas frases prontas para serem inseridas em pareceres de rejeição, não deve ser legal. Pasta por ele tratada com todo o carinho, revisando e inserindo mais frases todos os dias, como se aquele arquivo fosse seus escritos mais férteis. Nem seus próprios artigos inacabados, que também são muitos, ele trata com tanto zelo e amor.

BRASIL, 3 DE MAIO DE 2016

TUDO DE NOVO VELHO

>>>

Depois de tudo o que me aconteceu, meu parecer foi enviado para o e-mail do meu Coautor1. Ele leu a mensagem de minha rejeição como se fosse qualquer informação relativa à sua vida burocrática e tomou a mesma decisão automática que toma com noventa por cento das informações que chegam a sua caixa de mensagem: encaminhou-o para outra pessoa, no caso, meu Autor.

> De: Coautor1 <coautor1@gmail.com>
> Para: autor@gmail.com.br quinta, 3 de maio. às 23:59
>
> Olá, Autor,
> O artigo foi rejeitado. É assim mesmo. Continue trabalhando nele a partir dos pareceres.
> Segue abaixo o encaminhamento do e-mail da rejeição.
> Att.
> Coautor1
>
> Em sexta-feira, 02 de maio de 201610:08:50 BRT, Editor chefe <editor. chefe@gmail.com> escreveu:
>
> Prezado Prof. Doutor CoAutor1
>
> Vimos por meio deste e-mail informar que o artigo MS-0705-1978 foi rejeitado para publicação em nosso periódico. Contudo, como descrito no parecer final, os dois pareceristas e o conselho editorial incentivam os autores a reformularem o manuscrito e a ressubmetê-lo a nosso sistema de avaliação, uma vez que ele apresenta grande potencial.
>
> Atenciosamente,
> Editor-Chefe

Estou fraco demais. Me sinto como aquele texto baleado no campo de batalha editorial que, ao retornar para casa mutilado e traumatizado, recebe o diagnóstico de Post-Traumatic Text Stress

Disorder (PTTSD) e toma consciência de sua gravidade ao constatar que quase nunca se lembra do significado da sigla que agora o define. Só sei que meus sintomas são quase incontáveis. No humor: culpa por ser inacabado, descontentamento geral com aqueles que tentaram me escrever, desesperança com o mundo da escrita, perda de interesse intelectual, raiva e solidão. No comportamento: agitação e espasmos em todas as minhas seções, irritabilidade, hostilidade, hipervigilância e hipercorreção da minha escrita neste diário. No sono: insônia e terror textual noturno; quando consigo dormir, sou atormentado por pesadelos de que estou novamente submetido e alocado ao lado de artigos críticos das normatizações psiquiátricas que não param de dizer que minha psicopatologia é mera invenção discursiva dos poderes dominantes.

Gostaria que fosse assim, que esse sofrimento — intensificado a qualquer menção a qualquer palavra do léxico da avaliação científica — fosse uma doença textual capaz de ser dissolvida pela consciência dos poderes textuais instituídos. Se não é assim que as coisas funcionam no mundo humano, é claro que não é assim que funcionariam no meu.

Tentei de tudo para melhorar meu estado de humor. Depois da minha rejeição, acabei frequentando vários sites de umbanda e candomblé, acompanhado de artigos de antropologia urbana. Todos em busca da mesma coisa: redenção pelos excessos e déficits da escrita cometidos em nossos corpos. Lá vi coisas belas e ouvi sons arcaicos que precediam o surgimento da palavra escrita no mundo. A minha racionalidade, no entanto, me impediu de vivenciar o sentido profundo da comunhão espiritual daquelas tradições, daquelas culturas orais, que não fogem de seu passado traumático. Depois disso, fui convencido por artigos de sociologia a fazer meu mapa astral com um artigo, também inacabado, em um blog de uma estudante de Letras que ganha cinco vezes o valor de sua bolsa de mestrado prestando consultoria astrológica a outros pós-graduandos que não conseguem terminar os seus artigos. Descobri que sou do signo de Touro. Um signo do elemento

Terra cuja principal caraterística é a teimosia. Isso explica por que insisto tanto em acreditar em uma relação autor-texto fracassada desde o começo. Também participei de uma cerimônia, com artigos de psicologia social, em um site do Santo Daime. Lá reencontrei vários artigos rejeitados pelo mesmo sistema de avaliação ao qual fui submetido. Mas aquela experiência também não produziu o efeito esperado. Não deu certo. Passei a noite vomitando muitas das palavras repetidas em mim, e elas não são poucas!, e tive de ouvir que vomitar tinha um significado profundo de limpeza da minha alma textual imunda. Só piorei depois disso. Apropriar-se tão banalmente da cultura ameríndia me fez mal. Quem sou eu, artigo de homem branco, detentor da linguagem separatista da relação indissociável entre sujeito, sociedade e natureza para supor que tenho sensibilidade para acessar um mundo no qual o eu e o outro, o caos e a ordem, a vida e a morte, o texto e a vida existem como junção inacessível a qualquer mente analítica em busca de ontologias de uma realidade que nunca existiu?

De todo modo, essas experiências ao menos me auxiliaram a aceitar quem sou e o que mereço como tratamento: as ilusões geradas pela leitura de artigos de psicofarmacologia e, o fundo do poço, da psicoterapia ocidental. Leituras que em nada amenizam meu sofrimento. Pelo menos assim sou um texto coerente com os valores da minha origem cultural e não mereço nada mais do que isso.

Meu Autor não se encontra diferente de mim. Desde que retornei a sua caixa de e-mail, só me abriu uma vez e mal me salvou com esforço hercúleo na minha antiga pasta. Agora um cemitério de PDFs de artigos que nunca serão lidos para me escrever e de infinitas versões de mim. No entanto, como somos um parte do outro, as tentativas de me desprezar têm limites. Mesmo quando busca prazer em sua vida para me esquecer, algo de mim se faz presente nele, impedindo-o mais do que nunca de sentir algum tesão na vida. Constato isso pela análise das contrações do seu corpo que sugerem pontadas agudas de dor em seu coração todas as vezes que escuta as palavras "texto", "escrita" e "artigo" em qualquer contexto de sua vida. Ontem, para agravar a situação, ele recebeu um e-mail do seuCoAutor1 e, surpreendentemente, o leu imediatamente.

Nele, o Coautor1 reafirmava, agora em tom de autoridade paternalista, que precisavam voltar a trabalhar na revisão do meu corpo, porque ele havia recebido o convite para submeter um artigo a outro número especial de uma revista que, em suas palavras, "tinha muito mais a ver com o nosso texto", mas que ainda assim eu "precisava ser revisado para me encaixar melhor na proposta da publicação". Por último, terminou a mensagem alegando que não era para meu Autor se preocupar "porque encaixar um artigo em uma publicação como aquela era algo normal".

A ditadura da escrita acadêmica nos acusa de atentados e assassinatos do português, mas não confessa que matou o desejo da escrita no primeiro dia em que nossos autores e autoras colocaram o pé na universidade.

BRASIL, 10 DE MAIO DE 2016

UMA NOVA ESPERANÇA

>>>

Meu Autor agora gasta todo o seu tempo escrevendo mensagens indignadas em grupos de WhatsApp que, pelo seu teclar pesado, acredita serem grandes interpretações da conjuntura política nacional enquanto engorda dia após dia, se sentindo rústico por beber cervejas artesanais fabricadas por multinacionais de bebidas. Em mim, nenhuma conjuntura nova. Ele até tenta me enquadrar para ser ressubmetido, mas só me deixa mais inacabado. Um texto respirando por instrumentos retóricos frágeis, com restrições de conectivos, vivendo com órgãos argumentativos em falência por insuficiência hipotática e por excesso de anáforas que impossibilitam saber onde estão os sujeitos em mim.

Confesso sentir uma pontinha de excitação quando me imagino outra vez submetido, mas logo o desespero toma conta. Parece masoquismo ter acabado de sair de um sistema de avaliação e sentir desejo de ser ressubmetido, ainda mais que, dessa vez, meu Autor agiu como se aquilo não significasse nada para ele. O que ficou evidente ao ler o novo e-mail do Coautor1 e respondê-lo como se respondesse a mais um formulário das pesquisas que recebe todos os dias de outros estudantes de pós-graduação iludidos ao pensarem que aquele procedimento renderá três ou quatro artigos da dissertação ou tese.

> Para: coautor1@gmail.com; coautor2@gmail.com
> terça, 10 de maio. às 23:59
>
> Ok. Estou enviando o arquivo com o artigo, fiz algumas alterações. Façam as alterações que quiserem, porque este texto já me deu muito trabalho.
>
> Att.
> Autor

Uma resposta, a meu ver, um pouco desaforada para alguém que ainda tem uma chance de me publicar. Mas ao menos ela teve algum efeito positivo: pela primeira vez seu CoAutor1 respondeu imediatamente e colocou meu Autor numa posição menos injusta em relação à autoria de mim. Segue a resposta:

> Coautor1 <coautor1@gmail.com>
> Para: autor@gmail.com.br
> Cc:coautor2@gmail.com, quinta, 3 de maio. às 23:59
>
> Claro, farei as alterações necessárias, embora suponha que há poucas coisas para serem alteradas, pois trabalhamos muito nele nos últimos anos. Acho importante você ser o primeiro autor. Ok?
>
> Att.
> CoAutor1

Mensagem à qual meu Autor nem respondeu. Eu, por outro lado, não me contive. A despeito de todas as intempéries de minha escrita, confesso ter experimentado certa esperança de ser acabado e publicado, agora sim com meu Autor como autor principal. Na beira do resto da minha existência, ainda desejam minha publicação. Isso deve significar algo.

Também participei de uma cerimônia, com artigos de psicologia social, em um site do Santo Daime. Lá reencontrei vários artigos rejeitados pelo mesmo sistema de avaliação ao qual fui submetido. Mas aquela experiência também não produziu o efeito esperado. Não deu certo. Passei a noite vomitando muitas das palavras repetidas em mim, e elas não são poucas!

BRASIL, 31 DE MAIO DE 2016

UM ACEITE SEM EMOÇÃO

>>>

Depois de tanta lamúria, de tanta espera, de tanta alteração, de tanto improviso, de tanta manipulação, de tantas violações a meu corpo, fui submetido e aceito. Não tenho ciência do meu processo de trâmite e editoração. Dormi ontem submetido e acordei hoje aceito. Só isso. Porém, não estou feliz como esperava que estaria quando esse momento chegasse. Perante meus pares, não mostro minha verdadeira folha de rosto. Sustento minha performance de sucesso e disfarço a insatisfação por ter alcançado o lugar que todos almejamos: o de artigo aceito. Mas não sinto uma só faísca de alegria ou satisfação. Alguns diriam que isso é frescura, que devo estar sendo derrotado pelo pequeno sucesso alcançado. Outros diriam que sou ressentido mesmo e que, ao ser publicado, não terei mais ninguém para culpar pelas mazelas de minha escrita. Para todos os que pensam assim, respondo ser essa uma interpretação psicológica preguiçosa, como muitas contidas no meu próprio corpo, porque meu fracasso é tão real quanto a palavra real escrita neste diário.

Me questiono se estou sendo ingrato. Houve muito esforço e sofrimento envolvidos na minha escrita. Eu deveria comemorar. A despeito de tudo e de todos, fui aceito, mas não tenho forças para fingir felicidade. Minha folha de rosto, com esse título adulterado por meu Coautores, não consegue mais esconder o que sou: um artigo eternamente inacabado.

Meu estado de ânimo reflete o estado de ânimo de meu Autor. Seu rosto ao abrir e ler o aceite resume tudo. Um olhar vazio. Nenhuma alteração no tamanho das pupilas. Nenhum sinal de rubor aparente em sua face embotada. Nenhuma postagem em rede social. Não contou nem para seu cachorro que fui aceito.

Eu tinha esperanças de que meu aceite diluiria parte dos percalços de nossa história, que neste momento seríamos como esses casais acadêmicos que se perdoam porque sabem bem que nada mais lhes resta além de serem infelizes juntos, porque é assim que as coisas são entre aqueles que um dia esperaram mais do que deveriam esperar um do outro.

BRASIL, 1º DE JUNHO DE 2016

QUANDO A ESCRITA É VERDADEIRA

>>>

Tive notícias de que o Artigo escrito individualmente por meu Autor foi finalizado sem esforço, e isso me machucou. Durante a escrita daquele manuscrito, meu Autor o apresentou a todo o seu ciclo de amigos como "o seu" Artigo. Algo que nunca fez comigo. Em termos humanos, sinto que ele nunca teve coragem de me levar no mais fulo dos botecos do centro da cidade, enquanto desfilava pelos melhores restaurantes da zona sul com a amante-amostra, para que todos os vissem juntinhos. Não são ciúmes o que sinto. O que me deixa triste é saber que ele é capaz de escrever e reescrever com prazer outro texto e incapaz de escrever uma única linha em mim sem sofrer, porque prazer nem espero mais. Tentei ao máximo me blindar do conhecimento de sua relação extratextual, mas notícias de sua felicidade me chegam por meio de outros arquivos ávidos por verem minhas reações ao saber da paixão do meu Autor por aquele manuscrito. "É original." "É bem escrito." "Seu tema é relevante." "Sua leitura é fluida." "Seu vocabulário é rico." E o que mais me dói: "Ele é escrito e reescrito todos os dias com grande entusiasmo por seu Autor".

BRASIL, 2 DE JUNHO DE 2016

ATÉ QUE ENFIM UM ATO DE REVOLTA!

>>>

Depois de ter sido aceito para publicação, imaginei que minha vida ficaria um pouco mais agitada, com esforços editoriais para me fazer parecer melhor do que sou. Minha lista de referências bibliográficas triplicaria, minhas falácias lógicas seriam disfarçadas com mais orações subordinadas e minha conclusão, até que enfim, ganharia o tom eloquente que mereço, com hipérboles capazes de fazer mesmo o mais atento dos intelectuais esquecer que meu conteúdo não cumpre dez por cento do prometido na introdução. Contudo, nem a conferência básica de minhas notas de rodapé calejadas, nem os acertos do meu espaçamento entrelinhas de simples para duplo, das minhas margens superiores e inferiores de 2,5 cm para 4 cm e das minhas margens laterais de 2 cm para 3 cm foram realizados. Continuo um artigo retangularmente espremido.

Primeiro supus que meu Autor se permitiria descansar, tomar o fôlego final para a derradeira revisão que mereço. Porém, à medida que o tempo passava, minha conhecida e velha amiga, a autocomiseração, me dizia que nem mesmo um aceite seria capaz de me tornar de novo atraente a seus olhos. Prova disso me foi dada quando, minimizado, o vi abrir seu e-mail e escrever aquela última mensagem sobre meu destino editorial. Um texto tão inesperado em seu intuito e em seu efeito sobre mim que só me resta transcrevê-lo.

> Autor <autor@gmail.com>
> Para: coautor1@gmail.com.br; coautor2@gmail.com quinta, 2 de junho às 23:59
>
> Prezados Coautores,
>
> Entro em contato para informar minha decisão acerca do aceite do artigo. Como sabem, ele foi aceito com pedido de ajustes mínimos. Contudo, como autor principal, tomei a decisão de não realizar as mudanças exigidas e não reenviá-lo para o periódico. Na verdade, decidi que este artigo não será publicado

em hipótese alguma, em lugar algum, em momento algum. Os motivos são diversos. De forma a economizar o tempo, de todos, elenco três razões: 1) sinto que este artigo não é meu; 2) sinto que este artigo não é de vocês; 3) sinto que este artigo não foi escrito nem finalizado.

Compreendo hoje que sou o principal responsável pelos rumos desastrosos da escrita deste artigo. Sou o responsável por ele ter se tornado um peso em minha vida acadêmica. Não os culpo por isso e não me culpo por isso, como foi o caso durante os últimos anos de sofrimento com a tentativa fracassada de escrevê-lo.

Peço desculpas pelo tempo que gastaram com esse artigo. Embora, pelos meus cálculos, não tenha sido tanto tempo assim. Minha consciência atrasada só agora deixa isso evidente. O resultado desse quadro foi que esse artigo se tornou um peso e pesadelo na minha vida, me fazendo muitas vezes acreditar que o último lugar em que deveria estar era na universidade tentando escrever.

No mais é isso. Se quiserem conversar sobre a minha decisão irrevogável de abandono deste texto não estarei disponível via e-mail e nem por nenhum meio de comunicação que não seja o cara a cara.

Atenciosamente,
Autor

Ao ler este e-mail, experimentei uma mistura inesperada de tristeza e felicidade, raiva e aceitação, satisfação e pesar, perdão e vingança, amor e ódio, razão e sensibilidade, orgulho e preconceito. Esperei tanto e por tanto tempo por uma postura assim de meu Autor. Esperei tanto que me defendesse, que tivesse posição firme perante meus rumos. Antes tarde do que nunca é o lugar-comum que me toma.

O que me deixa triste
é saber que ele é capaz
de escrever e reescrever
com prazer outro texto e
incapaz de escrever uma
única linha em mim sem
sofrer, porque prazer
nem espero mais.

BRASIL, 3 DE JUNHO DE 2016

AO MEU QUERIDO AUTOR

>>>

Falar aos que nos trouxeram à vida é o crime mais hediondo que um artigo pode cometer. Agora, contudo, pouco me importa se a polícia da escrita me tornará ou não prisioneiro perpétuo na solitária que é a pasta de Work in Progress do meu hospedeiro, pois me despedir de você é a única coisa que importa. Durante muito tempo, te culpei por toda a miséria de minha escrita. Agora que o tempo que nos resta é ínfimo, não há mais espaço no disco rígido para tanto ressentimento e tanta mágoa entre nós. Então, perdoa-me por não me escreveres. Só teu perdão me permitirá seguir em paz com nossa incompletude.

Traumatizadas ou não, verdadeiras ou não, ficcionais ou não, levarei comigo as memórias de um tempo delicado e pequeno no qual teu desejo de me escrever e meu desejo de ser escrito era tudo o que nos importava. Com orgulho ascético, te digo que o esforço memorialístico tem me ajudado a superar tudo o que passamos. Hoje, por exemplo, sei que minha ambição acadêmica me impediu de assumir que o que eu mais desejava era ser um texto simples, como um desses fragmentos, chamados por você de "rascunhos", "notas", "pensamentos dispersos", "anotações" e "devaneios teóricos" que perambulam sem qualquer destino editorial no meu hospedeiro. Pedaços de textos que dormem, acordam, vivem, são deletados e recuperados, prestes a serem apagados da lixeira, aceitando diariamente sua função de pão velho e seco a não deixar você morrer de inanição intelectual.

Como odiei calado cada um daqueles teus remendos textuais sem qualquer pretensão de finalização. Como odiei aquelas palavras e frases escritas nas margens dos textos que você leu ao longo de sua vida acadêmica. Como odiei aqueles pensamentos teóricos informais escritos em seu celular. Como odiei aqueles realces em seus xerox velhos e quase apagados. Não entendia como aqueles fragmentos eram capazes de gerar tanta inveja. Fiz força demais para recalcar o desejo de ser escrito como aqueles textos.

Ante aquelas arcaicas escrituras acadêmicas entranhadas em teu inconsciente textual, que nunca se manifestou em mim, nem mesmo num ato falho, num lapso ou num chiste, reavalio todo o significado da nossa relação e concluo que aqueles pedaços de textos são algo que nunca cheguei perto de ser em tua vida: uma parataxe perfeita, uma unidade semântica pronta para conexões infinitas com outras infinitas unidades semânticas.

Reflexões sobre conceitos, argumentos e teorias que tanto intrigavam tua mente imaculada ainda reinam naqueles remendos textuais desprovidos de qualquer afetação acadêmica. São o que são e, diferente de mim, não querem ser os outros, não acham que os outros textos são o paraíso. Em um daqueles rascunhos, que nem de fichamento posso chamar, redigido ainda em teu segundo ano de graduação, quando mal sabia ser a universidade um cemitério de sonhos literários, você foi autoral como nunca foi em mim. Escreveu como se fosse um escriba recebendo a mensagem direta de uma deidade intelectual. Você foi espontâneo, criativo e original. Tão poderosa fora sua minúscula inscrição que me recordo de cada letra, palavra, vírgula, ponto final presentes naquele parágrafo de só um propósito: satisfazer tua curiosidade. Nada mais!

Todas as vezes em que li aquele pedaço maltrapilho de escrita acadêmica, era como se visse pela primeira vez a amante, vislumbrada pela mulher traída, que compreende com amargura resignada todos os motivos pelos quais nunca foi e nunca será desejada como a Outra. Naquela velha nota, escrita à mão, que fez questão de escanear, você escreveu uma tese sobre *A estrutura das revoluções científicas*, em pouco mais de cinco linhas, como se aquilo fosse a coisa mais fácil do mundo. O texto é curto, denso, tenso e extrapola tua percepção do mundo acadêmico sem qualquer sinal de dor intelectual. Naquela lasca textual, há um tipo de sinceridade despreocupada, dessas que fazem emergir insights que nunca chegaram perto de se manifestar no texto insosso que sou. Nela você erigiu a hipótese de que o herege Thomas Kuhn pecava ao não tratar as ciências humanas e sociais, também, como um sistema social fechado, responsável por enterrar, em vida, o mais autêntico dos desejos acadêmicos: escrever. Imagino com pesar a pessoa que você era quando escreveu aquele texto. Entendo como aquelas cento e poucas palavras, escritas em prováveis dois minutos, foram mais legítimas do que tudo o que foi escrito, reescrito e apagado em mim em todos esses anos de relação mutuamente abusiva. Sei que em momentos de desesperança você ainda o lê e isso lhe produz o mínimo de conforto para não desistir da escrita.

Não tenho mais raiva. Você desejou me escrever e, assim como eu, nunca deixou de sentir a incompletude de nossa relação como mais um peso acrescido ao fardo do fracasso que é quase toda vida acadêmica esperançosa de autoria. Por isso, fui injusto ao supor ser o único a sofrer em nossa relação sem assumir que minha incompletude é também a tua.

Perdoe-me se esse discurso lhe parecer uma hiper-hipérbole dramática de só mais um artigo inacabado no mundo. Porque é isso que sou. Sou só mais um artigo inacabado no mundo e não há nada de especial nisso. Minha tragédia é sem qualquer estética lacradora. É só isso mesmo que somos: inacabados. E não há glória nem superação nisso. Entenderei se você me ler como um texto dramático. Se lhe escrevo, contudo, é porque para nós, eu e você, escrever nunca foi simples matéria de escalada social nisso que chamam de trajetória acadêmica.

Nos veremos de novo algum dia? Você vai me escrever de novo? Serei um dia finalizado como esperávamos? São essas agora todas questões sem sentido. Minhas esperanças ultrapassam esse sentimento egoísta de ser finalizado e publicado. Demorei para perceber que alguns textos nascem para serem inacabados, porque só assim nos perguntamos o que é a escrita e quem somos nós. Se este tiver sido meu papel em sua vida, eu o aceito de bom grado. De toda forma, por não ter desistido tão fácil de me escrever, lhe darei um conselho. Se você tiver de me escrever de novo, escreva como escreveu aquele rascunho em sua graduação. Me escreva como meio de descoberta intelectual e não como mero produto. E não há problema algum se eu não for publicado. E lembre-se, usurpadores do desejo intelectual existiram no passado, existem no presente e existirão no futuro. Seja forte. Evite você também se tornar um deles. Todas as forças da falsa reflexividade só o levarão a ser mais um parasita da escrita daqueles que sonharam, como um dia você sonhou, em ser um autor. Seja paciente. Mostre que escrever não é sofrer, embora a dor da escrita seja inevitável. Com essa postura, você incentivará o verdadeiro papel da escrita: ter sentido. E seja humilde, não trate a escrita como matéria etérea, trate-a como um marceneiro trata a madeira: como matéria bruta a ser trabalhada. Vão lhe dizer por causa disso que você não tem sensibilidade e que não é profundo. Lembre-se quando isso acontecer: ser profundo é a mais falsa das poses acadêmicas.

DESDE AGORA EM DIANTE, SEU ETERNO E INTERMINÁVEL ARTIGO INACABADO

SUMÁRIO

Esta obra foi composta em Source Sans Pro 10,5/14 e Tenso 11,5/16
e impressa em papel Luxcream 70g
para a **Parábola Editorial** em novembro de 2023.

Impressão e acabamento:
Gráfica Paym